C000127764

UNO, NESSUNO
(diario di una vita

di

Claudio D. Colombo

Copertina a cura di FuyuFukuda

Copyright © 2021

Tutti i diritti riservati

Ogni riferimento a fatti, persone, cose realmente accaduti o esistiti è da considerarsi puramente casuale, involontario e pertanto non perseguibile.

PREFAZIONE

Di solito questa roba non la legge nessuno, io per primo. Ammetto anche che sono andato a controllare per verificare la sua effettiva esistenza e sul come si scrivesse (dopo questa siete autorizzati ad abbandonare la lettura, nessuno vi biasimerà). Dato che ti sono riconoscente per i soldi spesi (al netto di regalo da parte mia o furto in biblioteca) ti darò giusto qualche dritta su come impostare la mente, per goderti al meglio questo insieme di parole, distribuite in circa duecento pagine, non sempre di senso compiuto.

Mi sono posto l'obiettivo più semplice di questo mondo mentre scrivevo, cioè non avere alcun obiettivo ed essere completamente me stesso durante la scrittura, anche se chiaramente non sono assolutamente di parte o d'accordo totalmente con ciò che succede all'interno di questo libro (come spero sia così per molti altri scrittori ben più noti di me, che altrimenti andrebbero rinchiusi subito).

Spero che questo testo possa farvi accorgere di quelli che non riescono a salutare per primi, soprattutto prima che sia troppo tardi... perché purtroppo i casi di persone che cadono in depressione (o peggio per cause sociali assolutamente evitabili) sono sempre di più, specialmente tra i più giovani in questo fantastico periodo storico.

Per concludere la prefazione in maniera più leggera vi confermo che la storia cerca di essere ironica anche nell'affrontare temi leggermente pesanti utilizzando anche citazioni (nel caso non le conosciate dovreste subito andare a cercarle col telefono... che dubito non abbiate lì accanto, pronto a vibrare al prossimo messaggio.

Per questo motivo ho introdotto queste fantastiche "pause telefono" tra un paragrafo e l'altro, così da non farvi perdere il segno e recuperare subito le mirabolanti emozioni che vivremo insieme!

Oppure le inserirò per fare più enfasi tipo

COSì!

… quanto odio la "ì" minuscola accentata, perché invece sul telefono riesco a farla maiuscola?

Grazie ancora per aver rinunciato a qualche caffè per godervi un paio d'ore con me, prometto che ricambierò il favore all'uscita della serie tv.

Buona lettura/fortuna!

Ps: le chat e i post NON scritti dal protagonista sono volutamente sgrammaticati per realismo.

Pps: cercherò di non essere troppo volgare.

Dedicato a
tutti quelli che
non riescono a salutare per primi.

Giorno 1 (27 Dicembre 2019)

Caro diario,
benvenuto in questo fantastico mondo di merda.

Mi presento, ma non troppo che forse questo grande capolavoro che sto scrivendo sarà pubblicato sul forum, quindi userò lo stesso nome che uso di solito online per celare la mia identità segreta da supereroe.
Piacere, sono Cisco90, ma visto che sei tu e ormai siamo in confidenza, puoi chiamarmi solo Cisco.

Sei nato solo perché sto cercando di allenare le mie capacità di scrittura che, come noterai molto presto, sono decisamente inadatte al normale dialogo con le persone e di certo non sono prive di errori. Perciò ti ho dato alla luce con l'intento di fare pratica per quando scriverò ad altre ipotetiche persone, che non sia per lavoro o altre cose seriose.

… perché ne ho bisogno ti chiedi? Ottima domanda, già mi piaci! Sai, ho un debole per chi non si fa i cazzi suoi.

Diciamo che ultimamente ho avvertito una mancanza, so che sembra assurdo e non ne capisco il motivo, ma oggi è esattamente un anno che non vedo una persona.

Non intendo una persona in particolare eh, voglio dire proprio faccia a faccia con un altro essere bipede, mammifero o crostaceo, che non si presenti sotto forma di alimento in scatola o su di uno schermo.

…com'è possibile? Quante domande che fai per essere nato da appena un minuto… sì lo so che sono già cinque minuti, è un modo di dire!

D'altra parte è proprio facendo domande che si imparano le cose, anche se ormai le risposte le trovi tutte su internet.
Tu pensa che puoi anche trovare le risposte alle tue domande e magari sentirti affine con chi ha avuto i tuoi stessi problemi dieci anni fa sui vari siti abbandonati.

5

Perciò vedrò di non nasconderti niente e darti tutte le nozioni necessarie per avere a che fare con me e capirmi il più possibile, ma lo farò man mano.

Sia dare un minimo di suspense, sia perché ora sono stanco e mi aspettano i porno.

A domani bello!

Giorno 2 (28 Dicembre 2019)

Non ci posso credere!
Allora non ho sognato!
Ti ho scritto davvero!

Non che mi faccia questo grandissimo piacere mi raccomando eh,
non ti allargare troppo... ma sono comunque stupito di aver fatto un
qualcosa di differente dalla mia solita routine quotidiana, che
comprende di tutto ad eccezione di attività costruttive o che
comunque richiedano impegno senza una determinata ricompensa.

Forse il me di ieri ha cominciato a scriverti perché aveva davvero
toccato il fondo... sai com'è, Natale non è solo il periodo più felice
dell'anno, ma anche il più triste per chi non ha nessuno con cui
condividerlo. Il mondo non fa altro che ripeterti quanto faccia schifo
essere soli... e crearmi un amico virtuale forse mi è sembrata l'idea
che potesse salvarmi da insani gesti.

Sia ben chiaro che non mi è mai capitato di pensare al suicidio o
cose del genere, ma forse (dato che sto per passare l'ennesimo
Capodanno da solo, dopo il secondo Natale da solo) sentivo il
bisogno di qualcuno, o meglio di "qualcosa" data la tua evidente
natura priva di discendenza primatica (se non indiretta).
Fanculo non ho voglia di deprimermi!
Ti spiego il motivo per cui ho scelto di darti la possibilità di vivere,
subendo tutte le mie fantastiche paturnie mentali!

Come ogni momento post festa, sono andato a cercare storie di
depressione ecc... so che mi troverai cinico, ma in fondo sei il mio
diario quindi me ne frego. Sarò ben chiaro, mi ha sempre fatto stare
meglio leggere di chi sta peggio di me. Sai quando uno ha un
problema e si confida con un amico, e questi gli risponde "eh... pensa
che a me ha preso fuoco il pesce rosso!"
Davvero esprimere il proprio problema funziona come mezzo di
consolazione?

Nel mio caso si. Perché sono bastardo geneticamente e il dolore
altrui mi distrae dal mio... in quanto sempre nettamente inferiore.

7

Il succo della questione è che mi sono ritrovato in un "forum di aiuto".
Un forum che a mio parere riflette ciò che dovrebbe essere la
normalità sociale dal vivo, dove una persona saluta e tutti corrono a
rispondere al tuo saluto, ti chiedono come stai, che fai nella vita e
cose del genere... come se davvero gli importasse.

Ho letto tantissime storie. Storie di chi ha perso tutto e storie di chi
invece è riuscito a tirarsi su con le sue forze...

Ero tipo "*WOW*" Sono veramente sorpreso di certe cose, cioè mi
fanno riflettere tantissimo sulla mia penosa condizione:
Per questo sei nato tu caro mio.

Ho trovato un articolo in questo forum in cui venivano elencati i primi
passi da fare per aiutarsi da soli... perché il primo passo lo dobbiamo
fare noi per aiutare noi stessi. Tra questi suggerimenti che
sembravano scritti apposta per me (nota, aggiungere meme "ma
parla di me" con presentatore televisivo), uno in particolare mi ha
colpito, il diario.

Il mio obiettivo quindi è semplice come ti ho accennato ieri: scriverti
per poi rileggerti, così da lavorare sul mio modo di scrivere e
finalmente imparare a interagire con i giovani d'oggi!

Perché ridi? Pensi di sapere come si chatta per esempio? Io più che
scrivere "Ciao, come va?" non ho assolutamente idea di come si
continui una conversazione.
Eppure la gente sui social passa il tempo ad accoppiarsi...
si può sapere dove sbaglio?

Voglio accoppiarmi anch'io!

Giorno 4 (30 Dicembre 2019)

Wow! Sei ancora qui sul server? Chi lo avrebbe mai detto, dopo il fantastico preambolo che ti ho raccontato due giorni fa, mi aspettavo una fuga o un suicidio virtuale. Di solito quelli che sento spariscono dopo neanche due giorni e tu sei ancora qui al quarto! Hai doppiato il record, festeggiamo come si deve (non so se mi spiego...).

Ok fatto, scusami il ritardo. Credo di aver consumato l'intera categoria "milf" ormai... ora si passa a "stepmom" e vado sempre sul sicuro, ma tornando a noi... lo ammetto, ieri non ti ho scritto proprio perché avevo paura di non ritrovarti e non bisogna stare troppo addosso all'inizio o si spaventa l'altro di solito.

Scherzi a parte... come ti è andata ieri?... io come al solito ho lavorato lo stretto indispensabile, facendo la solita manutenzione ordinaria ai server, per la quale vengo pagato fior di quattrini pur non facendo niente di così particolare, ma sai se il tuo capo non sa neanche sbloccare il suo telefono... puoi dirgli qualunque cosa.

Mi ricorda molto quando facevo il professore... cosa? Non sapevi della lungimirante carriera nel mondo dell'insegnamento? Certo che ti sei informato ben poco su di me, uffi! Comprendo le difficoltà nel ricercare informazioni sulla mia persona, visto che continuano a cancellare la mia pagina dall'enciclopedia online perché "non sono di interesse pubblico"... che novità... non interesso neanche a me.

Vedrò di raccontarti in breve.
Ho insegnato informatica per tre anni in un liceo, i tre anni più umilianti della mia vita.... no, non mi va di entrare troppo nel dettaglio ora, ma te lo dico solo per spiegare un minimo la questione "del non fare niente".

In pratica venivo chiamato almeno due volte al giorno dagli altri professori, che probabilmente hanno avuto come studente Giulio Cesare, perché il loro computer o il loro "iPed" non funzionava...e poi giungevo io con l'incredibile magia chiamata RIAVVIARE!

Esattamente. Venivo pagato per questo e ovviamente per insegnare agli studenti la differenza tra software e hardware... non ne vado molto fiero sai? Anche perché molti non ci arrivavano mica, se poi gli chiedevi se la stampante era un dispositivo "input" o "output" li mandavi proprio in crisi.

Era davvero solo un modo per procurarmi soldi... niente di più. Nessuna passione e nessuna mancanza quando ho dovuto smettere... davvero uno spreco del mio tempo, ma sai com'è, purtroppo a questo mondo servono i soldi per vivere, o almeno sopravvivere.

Giorno 5 (31 Dicembre 2019)

Weila scusami, ma ieri non sono riuscito ad andare avanti per la noia. Si tratta di un argomento spinoso quello della scuola e non solo come professore. Magari te lo racconterò più avanti se ti interessa così tanto e non hai di meglio da fare.

In ogni caso ti scrivevo solo per farti gli auguri di buon anno, almeno per poterli scrivere a qualcuno diciamo... beh si potrei anche urlarli qui sotto che è pieno di gente più del solito e non sarebbe così strano visto il casino... massì dai... mi fanno da sottofondo allegro ai film, come se non fossi completamente solo, non stiamo a lamentarci per tutto!

Ok scherzo.
Ho voglia di lamentarmi perché porca troia mi sono spariti tutti i vari banner pubblicitari delle casalinghe arrapate vicino a casa mia e sono stati sostituiti da maledetti eventi sociali per il Capodanno:
Ok metti anche caso che io clicchi uno qualunque di questi cosi... e poi?! Cioè, vedo robe assurde e soprattutto sushi assurdo... ma da solo non potrei mai andarci... non credo che organizzino eventi per i disadattati come me.

Il pensiero di poter uscire di casa è durato veramente poco... diciamo che con il sushi vanno decisamente a parare bene con me e mi hanno fatto dimenticare per un attimo della mia situazione disagiata.

Scusami le continue interruzioni, ma continuo a sfogliare tutta la roba che mi esce fuori e rimango sempre più senza parole... come fate ad offrirmi il "sushi" "buffet" "gourmet" (e tutti altri "et" del vocabolario) a quella cifra? Dov'è la fregatura? E perché l'organizzatore si chiama "lista enigma"? Che nome assurdo, chissà perché lo avrà chiamato così... che sia questo l'enigma?
... no, non ci andrò comunque nonostante la mandria di donzelle che porca troia che foto mica male che ci sono... ci sentiamo tra dieci minuti.

Oh, "l'ultima dell'anno" è fatta.
Ora vado a stappare l'aranciata (che sono astemio e talmente scarso

11

nella vita, che pure a deprimermi sono "deprimentemente" scarso).
Che depressione… ma sento che questo sarà un anno fortunato!
Wubba lubba dub dub!

Giorno 6 (1 Gennaio 2020)

WEEEE NON CI SENTIAMO DALL'ANNO SCORSO!

Quanto sono spiritoso eh? Tu come hai festeggiato?... io ovviamente sono rimasto nella più totale solitudine, avvolto dal sottofondo dell'ennesima serie tv che copriva il fastidioso brusio di felicità proveniente da fuori.

Speravo davvero di poter ignorare il tutto e fare finta che fosse solo un giorno come un altro, invece a mezzanotte in punto ho sentito ben chiaro il rumore dei fuochi d'artificio che spaccavano il cielo (e non solo quello) dando il benvenuto ad un nuovo triste anno di solitudine e autocommiserazione.

Ti dirò... non avvertivo il desiderio di uscire ed unirmi ai festeggiamenti, anche se avessi potuto o fossi stato invitato... non sono mai stato amante della baldoria e del rumore, per non parlare di tutta quella gente che ti schiaccia e ti soffoca urlando come un gruppo di scimmie attorno ad una banana.

Ah, sappi che ho una specie di perversione per le scimmie... non in quel senso, zozzone, ma boh... mi piacciono... forse perché a loro non posso fare schifo come faccio schifo alle persone, infatti un tempo il mio motto era "non vederti come una persona brutta, piuttosto vediti come una bellissima scimmia".

C'è gente che ci campa di aforismi e a cui hanno pure dedicato il premio più importante del cinema... in effetti credo che non campi più, e controllando ora, non si chiama Oscar per quello... vabbè sta di fatto che scriveva frasi poetiche in grado di cambiare delle vite, quindi voglio provarci anche io, che magari domani cambio il mondo e forse finalmente verrò apprezzato!

"Non è bello ciò che è bello, ma è bello ciò che non è brutto"

Giorno 7 (2 Gennaio 2020)

Ormai mi sono affezionato a te, non sto scherzando.
Sto davvero cominciando a notare degli effetti positivi nella tua, pressoché virtuale, esistenza.
Sto anche scoprendo come si scrivono una marea di parole!

"Psoriasi", "pleistocene", "precipitevolissimevolmente".

Viva l'autocorrettore!

Oltre a questo simpatico siparietto... forse proprio l'idea di avere un impegno fisso che mi distrae ed è unicamente per me stesso, con l'ovvia eccezione dell'amore platonico per il mio corpo, mi fa sentire che ho qualcosa da fare nella vita e per cui vale la pena andare avanti... qualcosa di più serio rispetto all'attesa per un film o una puntata di una serie tv. Diciamo che almeno riempio le giornate con qualcosa di non troppo dannoso, visto che sto veramente spendendo un mondo di soldi in action figure e stavo pensando di cominciare a fumare le sigarette elettroniche... nono mai fumato eh, credo mi sia venuta voglia perché il negozio dove compro le action figure (a prezzi stracciati) giù in Puglia, si chiama smoke qualcosa (un nome che indubbiamente rende giustizia) e vende anche sigarette elettroniche... si lo so che sembra una strana associazione, però boh... è una nuova attività... che ne so io come funzionano i negozi al giorno d'oggi, però ha scelto un buon anno per aprire, di questo sono sicuro e di solito non sbaglio.

Giorno 8 (3 Gennaio 2020)

Eccoci qui nuovamente per il nostro appuntamento quotidiano, ma in fondo cosa ti dovrei scrivere di nuovo se ogni giorno è uguale all'altro?

Sono incastrato in un noioso loop temporale, la cui unica variazione è il peso dell'età (e non solo quello...) che si fa sempre più opprimente, facendomi passare la voglia di vivere ogni giorno sempre di più... si, oggi è uno di quei giorni particolarmente allegri in cui mi viene da correre per casa urlando il mio amore per i volpini nani.

E nel loop aggiungerei anche il mio modo di scrivere... sono decisamente noioso e ripetitivo, oltre che grammaticalmente non sempre corretto, ma è il mio diario e scrivo come mi pare.
Tanto oltre a me chi leggerà mai questa roba?

Per te la situazione è diversa no? Hai me che ti racconto le mie fantastiche avventure e poi non hai niente di cui preoccuparti, mentre io... si hai ragione. Neanche io ho poi così tanto di cui preoccuparmi. Hai presente la mia giornata tipo, no?... ah, non ti ho mai raccontato una mia giornata tipo?... e nonostante questo sono riuscito a scriverti così tanto e per così tanto tempo? Wow! Non credevo di essere così tanto loquace, sono stupito di me stesso e per la prima volta da anni... in positivo!

Giuro che domani rimedio e ti racconto bene la mia fantastica quotidianità perpetua, ma ora devo andare, che è quasi ora di andare a dormire ed è giusto che mi ricompensi con... beh lo sai...
allenamento nell'arte della falegnameria.

Giorno 9 (4 Gennaio 2020)

<u>11:00 Sveglia</u>

Mi raccomando, non è da intendere come sveglia che "oplà sono fuori dal letto e pronto per nuove avventure", ma piuttosto "sveglia che sono sveglio e rimango nel letto a leggere le notizie e le notifiche sul telefono"... si esattamente le notifiche!

In qualche modo devo pur ricordarmi di raccogliere oro, elisir e bonus dai vari giochi.
Gli sviluppatori contano su di me.

<u>12:30 Pranzo</u>

La colazione fa male!

Non ho mai sopportato le cose dolci e appiccicose, bleah!
Così mangio nel momento in cui ho veramente fame, in questo modo oltre a risparmiare soldi, evito anche inutili calorie che si accumulerebbero sulle mie fantastiche chiappe marmoree (perfettamente conformi alla forma della mia poltrona da gaming ergonomicamente chiappale).

<u>20:30 Cena</u>

Beh si devo pur cenare no?... ah, dici che ho saltato qualcosa?
Hai ragione. Di solito faccio anche merenda, ma non mi sembrava così importante ai fini della narrazione dilungarmi in futili dettagli.

<u>03:00 Nanna</u>

Più o meno in questi orari vado a nanna, dopo averti scritto. Tanto per dirti, ora precisamente è l'01:56 perché vorrei dedicarti il giusto tempo.
Poi più tardi mi dedicherò a sfogliare varie pagine di cultura

(arancione con sfondo nero) finché non troverò chi merita il mio orgasmo quotidiano…

Queste conclusioni poetiche andrebbero veramente raccolte in qualche modo e poi lasciate ai posteriori… posteri? Nono, sono quasi sicuro che si dica posteriori.

Giorno 10 (5 Gennaio 2020)

Non ho parlato del lavoro o di quando esco? Hai ragione!
Semplicemente lavoro quando ho voglia. Nel senso che so quanto
lavoro c'è e lo infilo in base ai miei altri impegni quali film e libri.
Sono molto colto come avrai "notatuto".

Le uscite?... con gli amici? Giusto. No, non ho amici... per fare la
spesa?... c'è internet!... come faccio a non vedere nessuno da un
anno se mi consegnano le cose? Semplice, con quello che pago di
spese condominiali c'è una super efficiente portinaia che (per 50€
ogni Natale) mi lascia tutto rispettosamente fuori dalla porta senza
neanche bussare. Tanto sento il rumore dei passi e so benissimo
quando mi deve arrivare qualcosa.
Si, ovviamente aspetto che si allontani dalla porta prima di ritirare le
mie nuove proprietà. Non voglio assolutamente rischiare di doverla
salutare.

So solo che si chiama "Debora" perché firma per me tutte le ricevute
di ritiro, altro non so, ma lei è veramente fantastica. Sa anche che
non deve mai e per nessun motivo mai citofonarmi o farmi citofonare.
Il mio citofono qui in casa ha fatto una brutta fine... dilaniato da colpi
di martello non troppo tempo fa, dopo avermi svegliato per
l'ennesima volta all'alba delle dieci.

Ora che ci penso... sono mesi che non parlo con qualcuno, neanche
al telefono, saprò ancora parlare?
Oddio si.
Ho provato ed è venuto fuori uno strano rantolo... sembrava un misto
tra una papera con problemi di salute e un orco quando dice "questa
è la mia palude".

Intendevo mettere giù due frasi con un senso logico eh... che già non
sono mai stato questo gran conversatore, figurati adesso, dopo così
tanto tempo in silenzio... l'ultima volta che ho emesso un suono
simile ad una frase con la bocca è stato per scacciare un piccione
molesto che cercava di addentrarsi nella mia proprietà... si, alla fine
dopo una lunga lotte (con me che correvo strillando per la sala) sono
riuscito a respingere l'invasore alato.

Giorno 11 (6 Gennaio 2020)

Per fortuna pare io sappia parlare ancora. Ho voluto fare pratica telefonando all'assistenza di un sito, invece che scrivere la tipica mail. Per fortuna il tizio che mi ha risposto era di una gentilezza disarmante. Credo li addestrino apposta.

Mi rendo conto solo ora che non parlare per così tanto tempo è stato un vero spreco per le orecchie altrui data la mia calda e sensuale voce da trentenne... beh si, l'età è quella, ti ha stupito o lo avevi intuito subito dal nome Cisco90?... sembro più giovane dici?... no? Vaffanculo.

Ora che ho riscoperto le mie doti vocali, credo che cercherò di utilizzarle maggiormente con altri esseri viventi per tenermi allenato... no, parlare con te non conta proprio niente. Senza offesa, ma con te scrivo e in più sei solo uno schermo... più o meno.
Sono ancora stizzito con te per la storia dell'età (gne gne) sono uno giovane dentro!... beh, forse fin troppo, ma non è mica una cosa negativa rimanere giovani per sempre! Certo, non ho accanto una fatina che mi si vuole fare o che mi offre della polvere magica che fa volare all'occorrenza, ma sono comunque in grado di essere felice con le passioni con cui sono cresciuto e che spero durino ancora tanto.

Se dovessi perdere la passione per tutto il mondo che mi ha accompagnato fin qui, sarei decisamente rovinato.

Giorno 12 (7 Gennaio 2020)

Ehilà! So che Natale è ormai passato (in teoria neanche eri nato), ma ho comunque deciso di farti un fantastico regalo!
Cosa si può regalare ad una pagina web priva di coscienza che è utile solo per farsi macchiare da inchiostro virtuale?
Mi stai facendo passare la voglia sai?
Ormai l'ho preparato e mi sono impegnato molto, quindi ti dò il regalo supremo che tutti noi riceviamo, ma che tutti gli altri usano al posto nostro, un nome!... cosa te ne fai di un nome?
Oh beh, casomai cosa me ne faccio io del mio, l'ultima volta che è stato usato era scritto in una mail pubblicitaria, nella classica formula preimpostata "Caro <nome utente che spende soldi e quindi faccio finta che me ne freghi> come stai?".

Però in effetti mi serve ancora un nome (dati tutti i vari servizi a cui mi sono iscritto e ne abusano brutalmente), ma più che a me serve a te quindi, CIAO FEDERICO!

Non ti piace?... perché "Federico"?... beh, molto semplice, è per completare il mio super trio della solitudine:

"Io" il depresso, "Federica" la mano amica e "Federico" il diario amico.

Giorno 13 (8 Gennaio 2020)

Ciao Federico!
Vedi a che serve un nome? Rende tutto molto più colloquiale e sappi
che un nome così bello non lo do mica a tutti i miei diari, sia ben
chiaro.

Stavo pensando di prendere dei pesci, ma poi non vorrei che mi si
affollasse troppo il trilocale e poi così la notte andrei letteralmente a
dormire coi pesci... ok, lo ammetto, era solo per introdurre la
fantastica battuta, mi basti tu per la compagnia bello mio <3.

Visto che roba?
Faccio anche i cuori adesso, sono proprio un influencer.

Parentesi minchiata chiusa.
Ti volevo solo informare che ora sta andando decisamente meglio,
sono più spensierato (felice mi sembra un parolone esagerato,
spensierato è sicuramente il termine più adatto.
Tu invece come stai oggi mentre mi leggi?
Se non l'hai ancora fatto mi raccomando...

SORRIDI!

Oltre che influencer ora sono anche coach motivazionale, dovrei
proprio farmi un profilo sul social dell'orologio.

Giorno 14 (9 Gennaio 2020)

Ehilà buongiorno bello mio!... che sto facendo in questi giorni?

Hai ragione, non ci facciamo più le chiacchierate "cuore a cuore" di una volta. Ti prometto che domani rimediamo. Tu pensa a cosa vuoi chiedermi però, che ogni volta è solo un mio monologo (e va bene che sono leggermente egocentrico data la mia perfezione), ma capisci che non posso continuare a parlare unicamente di me (nonostante sia il mio argomento preferito… non che l'unico vagamente interessante).

Mi piacerebbe anche sapere qualcosa di te sai, non funziona così tra amici?... è una domanda seria.
Non ne ho proprio idea.

Giorno 15 (10 Gennaio 2020)

Tre settimane di noi! WOW!
Come promesso, sono arrivato prima e sono tutto tuo, finché erezione non ci separi, e per festeggiare questo avvenimento pensavo di ordinare una cenetta notturna mica male. Non il solito hamburger… magari sushi che ne dici?... costa troppo d'asporto?... mi stai chiedendo di uscire a cena?... malandrino che sei, tu e le tue porte USB che mi esponi ogni volta che ti guardo.

Io invece voglio stare con te per il solo piacere di farlo e non per secondi fini.... e anche tu devi volerlo... perché tanto non hai scelta. Sei su un fantastico pc da gaming e pesi tipo venti kg, non puoi andare lontano.

Muahahah (risata malefica).

Oggi ti dirò un qualcosa di assurdo.
Finalmente abbiamo un risvolto dall'esterno di questa vita in chiusura e riguarda ancora quel forum di cui ti avevo accennato all'inizio. Ho letto di una ragazza di Milano (ah a proposito, sei nato, vivi e morirai a Milano, più precisamente vicino all'acqua), che sta avendo enormi problemi in famiglia… si esatto, il classico caso in cui i genitori si sono dimenticati cosa volesse dire essere giovani e sono troppo stanchi per affrontare le questioni troppo giovanili bla bla (già visti troppi film così). Non starò ad annoiarti con i banali dettagli che non interessano a nessuno, se non alle tredicenni in calore che fanno fare la gara tra vampiri e lupi per darla in premio al vincitore.

Il fatto è che ho sentito un'enorme malinconia e un senso di impotenza assurdo nel leggere la sua storia.

Lei ha ventun anni, si chiama Lucia98 e vuole solo essere capita.
Se non avesse otto anni in meno di me le scriverei… che dici?... non ho il coraggio di crearmi un profilo su quel forum per me stesso, ma per scrivere ad una ragazza si?... mi stai sfidando?
Sfida accettata.
Ci penserò.

La questione è differente e credo riguardi l'idea di una "ricompensa" che si può ottenere, come ad esempio la bicicletta promessa al figlio se andrà bene a scuola o più attualmente la possibilità di una promozione per spronare un lavoratore a dare il meglio di sé.

Lavorare su me stesso esponendomi in tutta la mia fragilità non mi porterà a niente di concreto come ricompensa, mentre provare a scrivere a quella ragazza potrebbe per assurdo darmi una possibilità con lei, non trovi?... sei pronto a scommettere?... beh, non so... criptovalute ne hai? Non vedo un portafoglio fisico e neanche delle tasche in cui metterlo, quindi suppongo di no.
Pare che quella roba cripto-roba vada tanto di moda ultimamente, tu pensa che ero convinto che servisse solo a pagare roba illegale (tipo assassini o roba del genere), invece ora puoi anche comprarci macchine elettriche se il gran capo non cambia idea all'improvviso come fa di solito... vuoi stare a sindacare questa affermazione?... meglio.

Sta di fatto che per la prima volta dopo tanto tempo, sento di nuovo la curiosità e l'interesse nei riguardi di una ragazza che non sia un disegno dai tratti felini... ognuno ha i suoi gusti.... dai figa! Non puoi metterti a rompere per ogni cosa che scrivo che così non arriviamo mai al punto e continuo a ripetermi. Quindi stai a cuccia e fammi finire!

Ho perso il filo del discorso.

Per oggi te la do vinta.
L'erezione è arrivata, andate in pace.

Giorno 16 (11 Gennaio 2020)

L'avrai vinta anche oggi mi sa vecchio mio...
Ho appena fatto una maratona di dieci ore davanti alla televisione e non capisco neanche più cosa sia reale.

Ma in fondo cosa lo è? Dammi una definizione di reale... si lo so, amo questo genere di citazioni, ma sai omaggiare è la mia forma di ammirazione, ma solo per il primo film, gli altri due tante mazzate ok, ma si perde il filo della storia.
Tornando a noi, non ha forse perso importanza la realtà vera e propria in questa mia vita?

La differenza tra realtà e fantasia non è assolutamente importante per me, anzi mi sono sempre ritrovato ad apprezzare di più ciò che non è reale, che poi tanto la nostra mente rielabora tutto quello con cui ha a che fare dandone una sua interpretazione, giusto? No, non la tua, sei solo un discendente di un abaco, dubito tu possa capire.

La cosa però mi affascina tanto quanto mi annoia non saper volare... se siamo le specie dominanti di questo pianeta perché siamo biologicamente inferiori all'ornitorinco?
Quel bastardo va sott'acqua, spara veleno e può farsi le frittate, semmai nella prossima evoluzione dovesse anche imparare a volare, non avremmo più un posto in cui poterci nascondere!

Giorno 17 (12 Gennaio 2020)

Uuuuh! Oggi è il compleanno del mio autore preferito!

Non ho controllato su internet perché purtroppo non ha ancora una pagina su nessuna enciclopedia online, ma basta andare in fondo al suo libro per scoprirlo. Così si può correre a fargli gli auguri. visto che probabilmente nessuno glieli farà, con quelle quattro copie che avrà venduto... (anche se ho il sentore che qualcosa si stia muovendo... quindi gli auguro il meglio che è così tanto un caro e bellissimo ragazzo).

Eh si, incredibile ma vero ogni tanto mi importa anche di persone vere e non solo di personaggi di fantasia.
Persone vere come Lucia98, ma perché insisti tanto su di lei scusa? Ti ha fatto una così bella impressione?... no, non ha risolto ancora i suoi problemi in famiglia e non sarò io ad intervenire per aiutarla a farlo. Non posso buttarmi così brutalmente su una persona che ha veramente bisogno di una mano e non di un porco come me il cui unico intento è... si, hai ragione a chiederlo, qual è il mio intento nei suoi riguardi?

Onestamente mi sentirei anche in colpa a provarci con lei, dato che ha esposto pubblicamente i suoi punti deboli e approfittarne sarebbe sbagliato. Indubbiamente non è una persona come me, nel senso che io non sono in grado di chiedere una mano nonostante pare che ne abbia veramente bisogno.

Il suo diario e lì, pubblico sul forum sotto gli occhi del mondo mentre tu, caro il mio Federico diario amico, sei relegato unicamente ai miei occhiali con filtro luce blu. Che sia un indizio sulla mia introversione e sulla nessuna voglia effettiva di cambiare la mia situazione?
No dai, in realtà è perché ti voglio tutto per me amico mio e farti leggere a qualcuno sarebbe una specie di richiesta di aiuto o di semplici attenzioni... si, in effetti avrei bisogno di una mano, ma vorrei farcela da solo o almeno provarci.

Per questo tu sei speciale Federico, speciale veramente, speciale in senso buono, non "speciale" come me (non si può neanche più scrivere una battuta nel proprio diario senza sentirsi in colpa, dannazione al progresso sociale!)

Giorno 18 (13 Gennaio 2020)

OGGI HO VISTO PASSARE UNA FERRARI!
No, ok scherzo. Non sono ridotto così male da esaltarmi per una macchina che passa sotto il balcone a trenta all'ora, facendo lo stesso rumore di un'astronave al decollo, ma diciamo che poi qui (dove viviamo io e te) è abbastanza comune il passaggio di certi veicoli o più probabilmente li notiamo di più per rimbombo che fanno.

Soprattutto si nota il casino di gente che passa.
Figa quanta gente! Non la conto mica, ma ti assicuro che sono veramente una marea e passeggiano... si passeggiano senza una particolare meta.
Dove andranno lo sapranno solo loro.

Quando non sto a fissarti intensamente nei pixel, mi fermo e guardo dalla finestra che hai lì dietro (ah si, c'è una finestra dietro il pc) e semplicemente... guardo.
Siamo al primo piano, quindi riesco a vedere molto bene quello che combinano dall'altra parte del naviglio.
Riesco a vedere le loro facce, i loro sorrisi, sento il mormorio dei loro discorsi.
Chissà come dev'essere... essere normali.

Ps: la Ferrari l'ho vista passare veramente eh.

Giorno 20 (15 Gennaio 2020)

Oggi proprio non è giornata.

Ti ricordi di Lucia98?... bene, è uscita con un ragazzo... si sono baciati. Perché mi fa questo strano effetto... come di gelosia? Non è gelosia "per lei", ma più che altro gelosia per la situazione.

... da quanto non bacio una ragazza mi chiedi?

Più o meno da quando non ti fai i cazzi tuoi Federico.

Giorno più, giorno meno.

Ti ignorerò bellamente buttandomi su dei bellissimi video di altissimo livello per distrarmi... tipo "Lo sparecchiatore". Un eroe di cui tutti abbiamo bisogno, ma non meritiamo. Oppure "Orco is love, orco is life", che è stata la mia adolescenza o gli "Alpaca con copricapi"... credi che sia per colpa loro che sono cresciuto così?

Giorno 21 (16 Gennaio 2020)

Date il benvenuto a Cisco90 signori!
… cosa?... chi è Cisco?
Cisco è il soprannome che ho sempre usato nei videogiochi e account vari, te l'ho detto fin da subito e mi conosci solo con quel nome poi. Come pensavi che mi chiamassi scusa? No, non è un diminutivo di Francesco, credo… il mio nome vero è decisamente più banale e fa coppia col cognome più semplice d'Italia.
Cisco invece mi piace un casino come suona e lo usava un gruppo musicale (che amavo da morire) come nome nelle sue canzoni e mi ci sono sempre identificato. Non tanto per una particolare somiglianza con l'ipotetico personaggio, ma per le situazioni che raccontavano quelle canzoni.
Canzoni che parlavano di bei film, di Roy Rogers come jeans, di immense compagnie, di anni del tranquillo siam qui noi, siamo qui noooi.

Brrr. Mi sono venuti i brividi e ho dovuto rimediare con una breve sessione karaoke che spero abbia mandato almeno una frazione di centesimo al "massimo"… per capire il riferimento, bisogna essere uomini di cultura o prendersi una pausa per recuperare il telefono e cercare.

Chiusa parentesi musicale e notizia bomba che stavamo tutti aspettandom, mi sono iscritto al forum! Sono venuti tutti subito a presentarsi! Veramente un'esperienza bellissima. Non capisco perché io non l'abbia fatto prima…
No.
Ok.
Lo so.
Perché sono pirla, ma non dilunghiamoci su questo aspetto soprattutto considerando che finalmente sono riuscito a riprendere contatto con delle persone vere! O almeno con dei primati che riescono a battere su una tastiera!... si Federico, è tutto merito tuo!... cosa?... ovvio che continueremo a sentirci!
Sei il mio migliore amico… come Federica la mano amica è la mia migliore amica.

Con te le seghe mentali e con lei le seghe... fisiche, esattamente.

Il triangolo perfetto, non lo avevi considerato?

Giorno 22 (17 Gennaio 2020)

Non sono riuscito a parlare con la tanto conclamata Lucia98, però non mi importa dai. Come ti dicevo non era lei l'obiettivo, ma piuttosto riuscire ad avere nuovamente un contatto sociale, seppur virtuale. Intendiamoci che preferirei fare un passo alla volta senza esagerare, per poter riprendere un barlume di vita finché sono giovine.

Sai, le persone all'interno del forum sembrano capirmi veramente. Nel senso che senza bisogno di particolari spiegazioni o altro, mi sono venute naturalmente incontro per parlarmi e addirittura stiamo organizzando delle partite online al computer per i prossimi giorni. Niente male eh?! Ho trovato altra gente che gioca ancora a giochi strategici di vent'anni fa! Forse domani commenteremo insieme il nuovo episodio della mia serie preferita... che non citerò per non discriminare le altre serie!

Ti andrebbe di farmi da segretario se sei libero? So bene che senza di me non hai altro da fare, ma mi sembrava giusto chiedere almeno per gentilezza.
Non so davvero più come gestire tutti questi impegni sociali.
La fama mi sta distruggendo.

Giorno 25 (20 Gennaio 2020)

Ti prego di scusarmi!
Non ero più abituato a gestire rapporti di questo genere e mi sono lasciato trascinare dall'euforia del momento, dimenticandomi: di aggiornarti, mangiare, dormire e altre cose che preferisco non dire... che hanno richiesto un intervento di pulizia profonda!

Sono entrato in questo gruppo conosciuto all'interno del forum composto da zisky, joe90, eric82 e banana33 (che 33 l'età non è, capisci a me).
Mi hanno contattato loro dopo aver letto i miei interessi sul Forum (ah, non ti ho mandato ancora il mio profilo, vedrò di rimediare in futuro se mi ricordo) offrendomi la possibilità di discutere con loro di alcuni temi che abbiamo in comune. Ad esempio ora passiamo ore a commentare film e serie tv nella chat del nostro gruppo! Il NOSTRO gruppo!... già incredibile, è troppo bello per essere vero.
Quindi è questo che si prova ad essere umani?... ah già... sei un computer.
Vabbè, era una domanda retorica per un finale ad effetto che hai rovinato, per cui ora cuccia che rifaccio.

... è questo che si prova ad essere umani?

Giorno 26 (21 Gennaio 2020)

Oggi nessuno di loro tre è salito online, che mi stiano evitando? No dai, me lo avrebbero detto se ci fosse stato qualcosa che non andava, no? Siamo amici in fondo, no?

Però... tu come faresti a chiudere un rapporto con una persona conosciuta online, su un forum in cui tutti sono depressi e non sai che peso potrebbero avere certe parole?
Cioè io non oserei mai dare a nessuno di loro una cattiva notizia, per la paura di ritrovarmi un morto sulla coscienza visto quanto male mi esprimo!... no dai, non farmi pensare all'eventualità che pur di evitarmi senza offendermi, abbiano fatto l'insano gesto (che già me li immagino tutti spappolati con tutte le zanzare che gli girano intorno).

Niente, non riesco a concentrarmi su altro.
Che ansia che ho.
Devo sapere dove sono e cosa stanno facendo senza di me...
perché non mi hanno detto niente?
Ora provo a scrivere ad altri utenti del forum che magari sapranno aiutarmi...

Scusami ora vado.
Provo a dormire.

Giorno 28 (23 Gennaio 2020)

Scusami, ma ieri proprio non me la sentivo di scrivere. Nonostante il mio eccelso tentativo di sdrammatizzare. Veramente assurdo come basti così poco per sentirsi completamente abbandonati. Hai presente il buio che si crea in mare dopo che è passata la luce del faro? Immagine molto poetica, vero?
Avrei potuto semplicemente scrivere di una banale lampadina che si accende e si spegne e avrebbe reso più o meno allo stesso modo direi.

Devo solo abituarmi all'idea che il faro debba per forza compiere l'intero giro prima di tornare ad illuminarmi nuovamente la giornata... si, mi metto i brividi da solo per questa mia incredibile vena poetica e non smetterò ti avviso!

Per fortuna ci sei tu Federico, in ogni momento, tu sei l'unico che so che non può abbandonarmi, anche perché non hai modo di scappare (muah-ah-ah) adoroh ricordartelo piccolo bastardo. Tu sei mio e lo sarai per sempre!

Giorno 29 (24 Gennaio 2020)

SONO TORNATI!

Per fortuna i miei nuovi amici non mi hanno abbandonato! Pare che… beh… lavorino… si, lo so, sembra strano detta così. Anche io lavoro e mica poco… in teoria almeno.

A differenza della gente comune il mio lavoro mi permette una gestione del tempo e una libertà assolutamente invidiabile come ti avevo già accennato.

Però cosa me ne faccio di tutto questo tempo se non ho nessuno con cui condividerlo?... film dici? Ho letteralmente finito ogni servizio di streaming disponibile e mi manca poco per completare anche ogni video disponibile sui siti per adulti… soprattutto quello del criceto, mi dà tanta gioia leggere il suo link ogni volta.

Tutto ciò che facevo in solitudine ora ha cominciato… non so Federico è come se tutto avesse cominciato a… perdere colore diciamo… ora che ho riscoperto le persone… con la loro imprevedibilità e tempi di risposta, le loro vite così comuni e allo stesso tempo così affascinanti, forse perché semplicemente vere?

In ogni caso il concetto è che mi dà molto più appagamento passare una nottata a chattare con persone che non ho mai visto, piuttosto che videogiocare. Che poi vabbè, sempre alle stesse cose tipo fulminare gente per le strade o sparare a zombie e affini contaminati dalla roba di turno.

Credo sia perché ormai sono saturo di questo fantastico modo di vivere, che mi porta a esplorare tantissime altre vite.
Ho bisogno di prendermi una pausa andando in vacanza nel mondo reale per staccare.

Giorno 31 (26 Gennaio 2020)

Oggi nel gruppo abbiamo parlato di zozzerie.
Hai capito bene. Quelle che io posso fare e tu no.
Cioè quelle che potrei... vorrei... vabbè. Sta di fatto che io le potrei fare almeno, mentre l'esperienza più erotica della tua vita sarà una penna usb infilata nei tuoi pertugi.

Il discorso è venuto fuori perché banana33 ha rimorchiato una ragazza su un sito di incontri e ci ha raccontato (piuttosto spavaldamente) che non ha alcun problema a trovare sempre della compagnia femminile virtuale... virtuale si intende che c'è una ragazza vera dall'altra parte dello schermo... o almeno si presume/spera che sia così.

Il suo problema e anche motivo per il quale si è iscritto al forum riguarda i rapporti con i ragazzi del paese in cui vive. Soprattutto ha problemi a farsi amici i maschi... che sono i classici super sportivi che pensano solo al calcio, hai presente?

Non che ci sia niente di male in questo eh. Anche a me onestamente il calcio o qualsiasi tipo di attività sportiva non ha mai destato alcun particolare interesse nonostante l'insistenza di mio padre a farmi appassionare alla vecchia signora... certo che la tua ignoranza è senza fine... vabbè la zebra, ma chiudiamola qui, che non mi è mai piaciuto parlarne.

Insomma alla fine del discorso è venuto fuori che detengo il triste primato di quello con l'astinenza più lunga ben due anni!... non ci credi che sono due anni che non scopo?... ah no... non credi proprio che l'abbia mai fatto? Ma che spiritoso che sei, vuoi vedere che faccio CTRL+A e poi Canc? Vediamo quanto ti diverti poi senza più lettere a riempirti virtualmente.

Tornando a noi, mio comico caro amico comico, il problema è che sono uno passionale e romantico.
Non sono uno in grado di buttarsi nella prima storiella che capita. Ho sempre cercato il vero amore, hai presente? Quello che ti presentano come puro e perfetto nelle fiabe, quello che i cantanti cantano, quello

che inizia presto e non si concluderà mai, quello in cui ti butti completamente condividendo ogni esperienza possibile perché sai che il ricordo non sarà mai inquinato dal dolore della fine.

Ad esempio immagina di andare a vedere il film più bello mai uscito con la barca che affonda e lo hai visto con una persona che amavi da morire, solo che poi questa persona esce brutalmente dalla tua vita marcando il territorio, pisciando sulla felicità condivisa e distruggendo inevitabilmente tutto ciò che avete costruito insieme.

Ti giuro era un esempio a caso, visto che il film è uscito quando avevo tipo 7 anni.

Tornando a cose più interessanti, tutto il discorso dell'accoppiamento di banana33 mi ha messo una certa voglia.

Quindi ora scusami, ma ho degli affari importanti da compiere per il benessere del paese.

Federica mi sta chiamando, e io devo rispondere.
Perché è questo che fanno gli eroi.

Giorno 33 (28 Gennaio 2020)

Scusami, volevo rimanere solo ieri… era un momento di malinconia. Mi sono concentrato su cose malinconiche… tipo mangiare cioccolato e ascoltare musica deprimente. Pensa che ho trovato una canzone stra futuristica che sembra proprio parlare di me… si intitola "uno, nessuno, cento fake"… già… sembra un titolo perfetto per un libro di successo. Boh valla sentire e dimmi cosa ne pensi. Per me l'artista è avanti almeno di un anno e mezzo rispetto alla musica odierna.

Tu pensa che nel turbinio di emozioni contrastanti e depresse, non sono neanche salito sul forum in questi giorni nonostante le insistenze del mio favoloso gruppo con cui mi sento quotidianamente via messaggio con tanto di meme di gattini e zozzerie varie… oh si, è un vero rifugio per uomini duri e rozzi quali siamo, mi sono arrivate delle nuove action figure che aspettavo da talmente tanto tempo che mi ero dimenticato di averle comprate. Ho voluto dedicare il giusto tempo per sistemarle ed esporle per bene, sai nel caso dovessi avere degli ospiti a sorpresa o una visita dell'idraulico… lui si che se ne intende di certe robe. Anche se ogni volta gli dico che pur essendo un idraulico non capisce un tubo.

Sarà per questo che ha bloccato il mio numero? Eppure carico nelle storie così tante immagini divertenti… che nessuno guarda… perché nessuno si deve interessare a me.

Ho questa… ossessione… mi piace tenere tutto in ordine nell'eventualità che mi svegli senza la memoria. Considerando che nessuno verrebbe a cercarmi, credo che sarebbe meno traumatico ritrovarsi in un ambiente ben curato, piuttosto che in uno desolato e malconcio… come se la terra fosse stata invasa da uomini funghi schioccanti (o belli glabri, ma notturni).
Ho notato che mi sto perdendo sempre più spesso nei discorsi ipotetici quando faccio citazioni, ma sono giunto alla conclusione che sia troppo complicato rimediare una ragazzina immune.
Molto più semplice un pastore tedesco.

Giorno 34 (29 Gennaio 2020)

Ehilà, Federico!
Oggi va molto meglio, sono pure tornato a scrivere nel forum!...
cosa?... i capelli? Aww grazie per averlo notato, li ho tagliati prima,
che ne pensi?... no, ovvio che non sono uscito. Suvvia, che domande
fai ahah non esco neanche se mi prende fuoco il frigorifero e
secondo te vado ad affrontare quel pericoloso mondo allo sfascio?

Ho fatto tutto da solo, niente male vero? Ho tanti talenti nascosti, ma
credo che questo sia il mio preferito e il più utile tra tutti, oltre ad
essere quello a cui sono più affezionato sai?

Mio padre era parrucchiere e mi ha insegnato prima ad usare le
forbici che a parlare e guarda il risultato. Ottimo parrucchiere e
pessimo dialogatore. Ti aggiungo anche che me li ha sempre tagliati
lui fino all'ultimo istante in cui poté tenere in mano la macchinetta. Mi
trasformava da cespuglio ambulante ad uomo ciuffo in un attimo!

Non sono bravo quanto lui e non lo sarò mai ci mancherebbe, ma
devo dire che me la cavo piuttosto bene pur facendo (data la mia
particolare abitudine a fare le cose da solo) tutto davanti allo
specchio. Non intendevo anche le altre cose davanti allo specchio,
ma mi hai dato un'idea... SCHERZO!... perché me li sono tagliati?
Beh, cominciavano a diventare troppo lunghi non credi? Non devo
essere di certo all'ultima moda, ma devi capire che lo shampoo costa
(i pelati sono avanti beati loro) quindi meno capelli e meno problemi.

Pensi che l'abbia fatto per sembrare più bello, altrimenti mi sarei
semplicemente rasato? Forse non hai tutti i torti... Per chi? Ancora
non lo so, magari arriva una gnocca super sexy all'improvviso e devo
saperla accogliere a qualunque ora. Motivo per il quale pensavo di
comprare un pigiama super elegante con tanto di cravatta, così da
avere uno stile leggen... non ti muovere...

Giorno 35 (30 Gennaio 2020)

… dario!

Parlando di cose serie… cazzo, non riesco a crederci… hai presente quel gioco in cui devi infettare il mondo con una malattia e godi come un sadico se la gente crepa orgasmando ogni volta che riesci a beccare la fottuta Groenlandia?... ecco, proprio quello! Pare che qualcuno ci abbia giocato sul computer sbagliato in Cina e una specie di nuova polmonite si sta diffondendo in giro.

Non riesco veramente a crederci… avevo letto qualcosa al riguardo giorni fa, ma non te ne ho parlato perché pensavo fosse la solita notizia che non mi tange minimamente, oppure un virus nuovo diciamo più "contenuto" come la passata influenza suina che prendevi quando faceva un freddo…. porco.

Federico? Ci sei?...

Vabbè. A parte questo torniamo al discorso di ieri. Non è che mi vergognassi a dirtelo sia chiaro, ma semplicemente so come certi argomenti ti potrebbero dare fastidio visti i precedenti. Te l'ho detto. Io non ti abbandonerò se tu non abbandonerai me e ti assicuro che non c'è altro amico come me… fidati, sono un genio in queste cose.

Quindi ok, te lo dico.
Banana33 mi ha ispirato con i suoi racconti e seguendo il suo esempio mi sono iscritto su ogni sito di incontri che sia mai stato concepito dai tempi di Napoleone… si anche fandelladentiera.it, anche le vecchiette hanno bisogno d'amore e più si allarga la rete più pesci si possono prendere no? Devo ammettere che non mi fa impazzire come metafora quella di prendere pesci e ammetto che pensavo fosse più complicato entrare in certi mondi, ma sono riuscito a fare una bella descrizione che sono sicuro piacerà alle pollastrelle… non ci credi? Ti mostro subito guarda. Non ti spiace se faccio copia-incolla vero?

[Cisco Francisco, 30 anni, Milano]

"Ciao a tutte! ;)
Potete chiamarmi Cisco.

Sono nuovo e di Milano, pronto a nuove esperienze, fatevi avanti
signore!

Ps: mi piacciono più giovani>

#passionale #insaziabile #pertutteleeta #giovanedentro #maschioalfa

Eh? Che ne pensi? Non sembro un patetico maniaco vero?...

Per tutta la vita non sono mai piaciuto nè fisicamente, nè
caratterialmente, perciò ho pensato che per una volta potevo
esagerare facendo lo sbruffone.... tanto nessuno sa chi sono no?
Anche vero che nessuno mi riconoscerebbe neanche se uscissi di
casa ora... che foto ho messo? Beh nessuna, lo sai non sono così
brutto, ma non sono fotogenico e non mi va di mostrarmi a delle
sconosciute col mio volto o il mio vero nome. Vedrai che andrà bene
comunque, in fondo siamo online e l'aspetto qui almeno non
dovrebbe contare più di tanto per cominciare una conversazione... o
almeno spero.

Giorno 36 (31 Gennaio 2020)

Scusa se apro sempre con certe notizie di cronaca, ma mi piace dare brutte notizie e dare preoccupazioni alla gente... non so se si fosse capito.

Non so se hai letto anche tu, ma pare che il virus sia arrivato anche qui in Italia! Non sono esattamente preoccupato, diciamo che queste influenze capitano di continuo, ma ho una brutta sensazione al riguardo e le notizie di certo non aiutano. I giornalisti sembrano più tragici del solito e lo sai che già di mio sono pessimista, queste notizie continuano a girare dappertutto. Mica sono i soliti cospirazionisti del disastro o roba del genere, ma anche dai piani altissimi vengono date conferme e dette cose con un carisma fuori dal comune... cioè sentire certe parole con tutto quel fascino di contorno dai... non farti strane idee. Impossibile non rimanere stregati da quell'uomo. Dai, quasi quasi mi candido a diventare una delle sue bimbe.

Strani sbalzi ormonali a caso.

Ok ormoni calmati con la categoria "daddy".

Hanno pure cancellato ogni possibile tratta aerea con la Cina... e non è che la cosa mi convinca così tanto a livello di efficacia, perché così limiti la diffusione idealmente, ma chi vuole venire qui farà scalo in qualche altro paese no? In questo modo sarà molto più difficile tracciarlo... Il simulatore pandemico insegna... come puoi vedere, mi aspetto una lettera di speranza e aiuto dal governo da un momento all'altro.

Eppure la giornata era cominciata in maniera del tutto differente, dato che questa mattina mi sono svegliato in preda all'euforia!

IL MIO TELEFONO AVEVA DELLE NOTIFICHE! DAI SITI DI INCONTRI!

Ben cinque messaggi, da cinque differenti ragazze!

R-A-G-A-Z-Z-E

Quelle con le tette per intenderci! Ma il mio entusiasmo è durato poco. Dall'anteprima delle chat leggevo i nomi e boh… all'inizio pensavo fossero tutte latine e che il loro cognome fosse lo stesso perché molto diffuso (come Rossi da noi per intenderci che lo usano come esempio ogni volta che serve un cognome standard… che poi ora che ci penso di Rossi non ne ho mai conosciuti. Neanche in moto).

Non sto cambiando discorso apposta, sia ben chiaro, ma non so esattamente come metterla giù la questione ragazze. Avevano le tette si, il problema è che avevano anche altro… un po' troppo per i miei attuali gusti. Ah, "Trav" pare non sia un popolare cognome latino.

Sto facendo un sacco di pause perché sto giocando con un nuovo (almeno per me) gioco horror in cui fai il killer o… si, ok continuo. Non che abbia assolutamente niente contro di loro, ci mancherebbe anzi, trovo incredibilmente coraggioso farsi avanti e rivoluzionare la propria vita a discapito dell'ambiente che ci circonda, ma non sono pronto a certe esperienze che, detto tra noi, potrebbero rivelarsi delle inculate! Scusami, brutta battuta, ma ormai mi conosci e sai come sono fatto. Ironizzo quando sono a disagio, perché ci sono rimasto male. Ok che il culo è la figa del futuro, ma non pensavo fossimo già a quel punto.

Giorno 37 (1 Febbraio 2020)

Ho parlato con le gentili signore di cui ti avevo parlato e quattro su cinque mi hanno insultato in quanto "chiuso di mente" (anche se io per lo più ho declinato in quanto "chiuso di chiappe"), non hanno apprezzato la mia ironia e mi hanno bloccato, probabilmente segnalandomi... invece con una, Maria Trav, sta andando piuttosto bene sai? Non in quel senso eh, ma ha la pazienza di rispondermi e di spiegarmi come funziona il loro mondo.

Ti ripeto che la cosa mi affascina molto e le sono grato per aver chiarito dubbi che mi porto dietro da anni.
Credo di essermi fatto una nuova amica finalmente, la mia prima amica femmina da quando sono nato... beh si, quasi del tutto femmina dai, un passo alla volta. Per "fatto un'amica" intendo che ho instaurato un rapporto con una persona, con una base di dialogo (eh, sei il solito zozzone Federico, proprio a mia immagine e somiglianza) e sto provando più orgoglio adesso, di quando ho preso la mia laurea.

... ma chi voglio prendere in giro?
Sono bloccato nel cratere della solitudine e dell'abbandono, con uno smartphone come pala, con la quale continuo a scavare sempre più in profondità, dando un colpo di pala ogni like che metto su questi cazzo di siti di incontri!

Giorno 38 (2 Febbraio 2020)

Confermo e rettifico il mio stato d'animo, Maria è veramente una ragazza dolcissima che mi sta aiutando molto… non per un'eventuale transizione, spiritoso. Ma per introdurmi a questo mondo degli incontri virtuali. Lei lo frequenta da moltissimi anni e la regola numero uno in assoluto, pare sia che un profilo necessiti una foto per farsi rispondere.

Inoltre pare anche, che bisogna evitare di scrivere "Ciao, come stai?" ad ogni ragazza presente sul sito, perché ritenuto troppo banale. Si lo so che non ha senso. La gente per strada mica si mette un pugno sul cuore e uno sulla schiena per salutarsi come il corpo militare di ricerca, ma ti dirò di più!

NESSUNA RAGAZZA CERCA SESSO!

In ogni descrizione, di ogni profilo, è sempre messo in chiaro che la ragazza NON cerca sesso. Tutto ciò non ha senso e destabilizza il mio mondo, non capisco. Allora perché si iscrivono in certi siti di incontri? Davvero è così in voga chattare all'infinito?

Inoltre ti confermo che tutte dicono che il classico saluto e successiva richiesta spontanea della loro attuale situazione sentimentale,sia banale e quindi ignorabile. Che si aspettano allora? Che gli invii la mia tesi di laurea? Perché non lo scrivono chiaramente queste cercatrici di attenzioni virtuali? Tutte vogliono vedere come sono dentro? Gli manderò una mia lastra per posta, dato che non vogliono un dialogo.

Giorno 39 (3 Febbraio 2020)

Dopo un felice consulto col mio gruppo (e con Maria), finalmente abbiamo trovato il problema.

Io... me?
Come suona meglio e più imponente?
Vedi tu, poi fammi sapere nei commenti.

Il problema sono io nel senso che il mio profilo (come già constatato in precedenza) e il mio modo di pormi... fanno veramente schifo, al limite dell'essere inquietante pare. In pratica non ne ho azzeccata una nonostante i saggi consigli di banana33 e (comincio a dubitare delle sue storie di sesso estremo con conclusioni acrobatiche, ma non importa) sto già creando un nuovo profilo... che ti stupirà!

Perché non modifico quello già esistente, avendo già speso soldi per i vari bonus? Semplice. Ho finito tutte le ragazze disponibili a catalogo, trans e boiler compresi. Non c'è ragazza iscritta che non abbia ricevuto un mio messaggio o che non mi abbia preventivamente bloccato probabilmente segnalato come molestatore seriale. L'unica spiegazione ragionevole per cui ancora riesco ad accedere credo sia appunto per lo stipendio mensile speso nei bonus.

Credo che i creatori di questi siti stiano sguazzando nell'oro grazie a me.

Giorno 40 (4 Febbraio 2020)

Uuuuh! Abbiamo già passato un mese a conversare e neanche me ne ero accorto. Dovremmo festeggiare non trovi? Sia per il fatto che tu stia ancora qui a sopportarmi, che per il mio nuovo fantastico nuovo profilo. Eh si, è già pronto e non vedo l'ora di testarlo, rifatti gli occhi.

[Erminio Ottone, 30 anni, Milano]

"Ciao a tutti, sono nuovo e sono qui per fare conoscenze, pizza o sushi? ;P"

#simpatico #conversare #ascoltatore #disponibile #amantedeglianimali

Tutto qui, semplice ed efficace basato sui gusti dei giovani d'oggi e sui consigli ricevuti da Banana33, da un'amica trans e da un blogger con un fisico da paura, che dimostrano tutti il doppio della loro età, ma senza i quali oggi non saremmo gli stessi… scrivo male che sto mangiando un'arancia scusami.

Ok finito.
Abbiamo appurato con gli ultimi studi, che nessuno guarda la descrizione nonostante sia lì in bella vista come biglietto da visita. Se la fai troppo lunga sembra essere una giustificazione per distrarre dal tuo aspetto fisico in foto che potrebbe… ah, la foto dici? Ne ho messa una un pochino vecchiotta … di circa cinque anni fa… si ok, ero più magro… che?... no dai, solo cinque kg circa. Tengo agli addominali, li tengo al sicuro dalle intemperie esterne, per questo ora li ripongo sotto un efficiente strato di lipidi (stile orso in letargo che aspetta la primavera per accoppiarsi). Inoltre il peso è relativo sai? Magari sono solo sul pianeta sbagliato.

Mi sono pesato e confermo cinque kg… vabbè arrotondando sei… otto se guardi bene bene… dieci per arrotondare ciò che purtroppo è già tondo e non ne parliamo più.
Alla fine dipende solo da come uno li porta.

Giorno 41 (5 Febbraio 2020)

Beh, devo dire che con questi aggiornamenti è andata meglio sai? Anche perché andare peggio era decisamente difficile, dati i risultati nulli.

Almeno questa volta alcune si sono degnate di visualizzare il mio goffo tentativo di approcciarmi e 3 di loro hanno addirittura risposto con un semplice "Ciao" nonostante avessi educatamente chiesto come stessero per poi concludere sparendo definitivamente nei meandri del web. Non hanno neanche visualizzato la risposta successiva le stronze… che ho scritto? Ripeto che ho semplicemente scritto qualcosa di nuovo, che non fosse troppo banale per i loro assurdi standard e… si ho scritto ancora "Ciao, come va?"... si a tutte.
Si mi tocca rifare tutto da capo dannato quel Mona! Un'intera giornata di lavoro buttata al vento!

Giorno 42 (6 Febbraio 2020)

[Rosario Pezzali, 27 anni, Milano]

"Ciao! Scusate non sono molto bravo in queste cose, ma mi piacerebbe fare una chiacchierata"

#conversare #leggere #film #divano #coperte

Ovviamente ho cambiato foto eh... si, pure nome... che questo mi sembra decisamente più attraente. Che dovevo fare scusa? Anche se cambio qualche piccolo particolare non faccio del male a nessuno... ah l'età dici? Massì fosse quello il dramma suvvia, li porto bene e almeno vediamo se questo sistema funziona... che sistema?... mentire? Non sto mentendo, cioè ci sto... girando intorno diciamo. Vedila come se fosse che sto dicendo di avere una trentina d'anni circa. D'altronde dopo aver superato i venticinque l'età è solo un numero, ormai il tempo del cazzeggio spensierato è finito e ci si incammina inesorabilmente verso la fine.

Non sono pessimista. Suvvia, sono così di natura. Puoi forse dirmi che non andiamo tutti incontro a morte certa al netto di reincarnazione in animale? Beh si ovvio, solo tu tra noi due attualmente sei immortale.

Finché blackout non ti spenga, coglione.

Giorno 43 (7 Febbraio 2020)

WOW!

Dieci ragazze mi hanno risposto! WOW!

Sto controllando e ricontrollando per l'incredulità!
… a quante ho scritto? Non so contare fino a quel numero… quello che importa è che sono riuscito ad andare oltre al semplice "Ciao"!… non ci credi?
Nemmeno io quasi, ma guarda che mi sono scritto con Giada, la mia futura mogliettina.

[Giada, 25 anni, Milano]

"Ehii ciao a tutti, mi chiamo Giada e vivo a Milano, qui per fare nuove amicizie interessanti e poi chissà :P"

#uscire #amicizia #viaggiare #filmdazione #leggere

CHAT

Tu: Ehi, ti disturbo?

Giada: Ehi, no tranquillo, dimmi pure

Tu: Sono nuovo e devo ammettere che non ci capisco molto ahah

Giada: Ahahah massì è un modo come un altro per conoscere gente

Tu: Sisi sono d'accordo, altrimenti non sarei qui, tu come ci sei finita?

Giada: Ma boh, per provare diciamo

Tu: E come ti sta andando per ora?

Giada: Boh bene direi, ho tipo 100 messaggi da leggere ahah

Tu: Ahah sisi anche io, sono tutti "ciao" vero?

51

Giada: Si esattamente, solita roba noiosa

Tu: Cerchi qualcosa di diverso?

Giada: Si

Tu: Tipo?

E ora sto aspettando risposta… da circa dieci ore, ma ehi, la gente deve pur avere una vita privata no? Non sono mica tutti come me, che non ho niente da fare dalla mattina fino alla notte e poi ricomincia…
Ma che vita di merda che ho.

E non è l'unica come ti dicevo. Ormai sono diventato una vera divinità per le donne, lei è quella con cui ho avuto la conversazione più lunga e spassionata per il momento, credo già di amarla e sto pensando ai nomi per i nostri bambini.

Giorno 44 (8 Febbraio 2020)

Come si sa l'amore è come un palo della luce, che si accende e poi si spegne... cosa vuol dire? Non ne ho assolutamente idea, l'ho sentito dire alla radio tipo dieci anni fa e da allora è il mio occidentalis mantra e viceversa.

Ad ogni modo,era per dirti che l'amore con Giada pare essere già terminato. Un vero peccato, perché mi ero già fatto qualche serio programma sul nostro futuro durante la notte... semplicemente dove saremmo andati con Luke Leila... si ho passato la notte a cercare dei nomi originali, niente di così esagerato.

Per fortuna è arrivata Alice direttamente dal p... si sarebbe una battuta scontata e indubbiamente stupida, però devo ammettere che il secondo film non mi è dispiaciuto così tanto... ha troppo fascino quello fuori di testa... ma diverso da loro.

[Alice, 28 anni, Pavia]

"Siamo fatti della materia di cui son fatti i sogni, e nello spazio e nel tempo d'un sogno è racchiusa la nostra breve vita (William Shakespeare)"

#poesia #aperitivo #ballare #nuoveconoscenze #gatti

CHAT

Tu: Ehi, ti disturbo?

Alice: Ehi, no dai tranquillo ahah

Tu: Uh ehm...scusami non ero mai arrivato così lontano con una conversazione online ahah

Alice: Ahahah serio? :')

Tu: Ahah eh si non sono portato per certe cose...

Alice: Ti capisco...neanche io ci capisco molto

Tu: Beh...che ci fai qui?

Alice: Ma boh per noia

Tu: Che fai nella vita?

Alice: Faccio la commessa e tu?

Tu: Wow dove? Io sono un informatico

Alice: In centro in un negozio di scarpe e tu informatico? Di che ti occupi?

Tu: Beh...lavoro nell'informatica di precisione. Tecnologie avanzate al servizio di progettazioni...

Alice: In che senso?:P

Tu: Cose particolari e specifiche...software con cui creo dei supporti...

Alice: Supporti?

Tu:...faccio manutenzione a server aziendali e siti porno...

Alice: Ah...e hai anche l'accesso VIP compreso? :P

Tu: Ahahah ovviamente :P

Alice: Interessante ahah ora scusami ma devo andare a lavoro :*

Tu: Ti aspetterò :*

Capisci Federico? Direi che sta andando piuttosto bene non trovi? Cosa? Fermarmi? Non posso mica. Ho già idee per il prossimo profilo, vedrai che ti piacerà un casino! Ti ho già detto che l'obiettivo non è rimorchiare una ragazza per poi uscirci e tutto il resto, ma semplicemente voglio imparare nuovamente cosa vuol dire avere una conversazione con un'altra persona. Quindi il mio leggero mentire a fin di bene lo ritengo completamente giustificato, dato che non faccio assolutamente del male a nessuno, anzi sono probabilmente una leggera fonte di intrattenimento per chi mi legge.

Beh si, sperando ovviamente che apprezzi, ma lo vedremo dalle recensioni.

Giorno 45 (9 Febbraio 2020)

Ok ammetto di non esserne troppo fiero…
Nah, mento spudoratamente: ne sono assolutamente orgoglioso!
Diciamo che sono arrivato alla conclusione che c'è solo un modo per capire veramente certe cose e cioè mettersi nei panni altrui nella maniera più letterale possibile.
Per questo motivo ieri notte ho realizzato questo incredibile capolavoro dell'arte moderna cubista.

[Claudietta, 25 anni, Milano]

"Studentessa appena trasferita in cerca di nuove amicizie :D
NON CHIEDETEMI FOTO E NO SESSO"

#amicizia #divano #film #coccole #gatti

Che spettacolo eh? Vorresti rimorchiarmi non è vero? Fidati che è assolutamente un'ottima soluzione, per non dire l'unica e necessaria. Non è che posso passare la vita a crearmi nuovi profili ogni giorno non credi? In questo modo potrò farmi delle amiche e farmi rivelare quali sono le giuste frasi ad effetto per raggiungere l'obiettivo! Qual è il vero obiettivo? Che ne so io… ormai a questo punto… intanto ho capito perché molto spesso non visualizzano i messaggi dei ragazzi. Guarda un po' che minchia succede nel retroscena delle ragazze.

CHAT

Mario: Ehi

Luigi: Ciao, come va? ♥

Marco: Ti disturbo?

Luca: Ehilà figa :P

Pino: Ciao♥

Andrea: Ehi

Luca: Buongiorno dea

Federico: ai takki

Igor: Buongiorno, posso disturbarti?

Alessio: we figa :*

Marco: *Foto*

Davide: Bella foto♥

Giorgio: Sai, sei la prima a cui scrivo…

Daniele: we

Francesco: Ciao

Angelo: da dv dgt

Luca: che fai

Marco: no vabbè sei incredibile!♥

Enrico: ei

Andrea: *Foto*

scorri giù

Tutto ciò mi fa riflettere, e mi fa capire che la concorrenza è alta. Non perché siano migliori di me, ma perché online siamo tutti allo stesso identico patetico livello! Non abbiamo alcuna arma speciale, solo una foto ed un tentativo da giocarci grazie ad una frase ad effetto, che

deve accendere la scintilla della casualità virtuale!
Ah giusto… non ti ho mostrato però le cose interessanti…

[Elena, 26 anni, Milano]

"Qui per quattro chiacchiere
se vuoi conoscermi scrivimi su ij ele94.mi"

#pizza #arte #chat #aperitivo #sushi

<u>CHAT</u>

Tu: Ehi ciao, sei di Milano?

Elena: Ehi, beh si così dice il mio profilo ahah, tu?

Tu: Ahah sisi giusto, anche io da poco, mi sono appena trasferita e
sto cercando di fare nuove amicizie

Elena: Mh da dove?

Tu: Roma, ci sei mai stata?

Elena: Assolutamente, ci ho vissuto tantissimi anni! In che quartiere
stavi?

Tu: Vicino al Colosseo

Elena: Come vicino al Colosseo? Ma che via di preciso?

Tu: Non siamo ancora abbastanza in confidenza ahah :P

Elena: Mmh in effetti ahah e ora dove stai a Milano?

Tu: Sono in zona Navigli

Elena: Wow ma che figo, qualche sera dobbiamo uscire ahah

Tu: Non so se riesco in questo periodo…

Elena: Eddai non fare la timida ahah

Tu: No è che proprio non ci so fare con i rapporti sociali ahah e soprattutto coi ragazzi...

Elena: In che senso?

Tu: Beh...ho una marea di ragazzi che mi scrivono...però sono sempre le solite frasi del cavolo

Elena: Eh capisco benissimo io pure sn sommersa ahah

Tu: Mi dispiace però non poter rispondere a tutti...alcuni sono così teneri

Elena: Ma teneri cosa? Fanno così con tutte perché vogliono tutti la stessa cosa! Tu rispondi solo a chi vuoi dargliela :')

Tu: Ahahah maddai! Come faccio a capire se uno vale? Cosa dovrebbe scrivermi? :')

Elena: Ma chi se ne frega cosa scrivono che nessuno legge le foto devi guardare se è figo o meno e se nella descrizione a qualche social o altro x capire se è un caso umano :')

Tu: Ah non ci avevo pensato...

Elena: Mi giri il tuo profilo ij che ti seguo?

Tu: Eh non sono tipa da social...non mi piace mettermi in mostra per questo ho una sola foto...

Elena: Presa da internet pure

Tu: Come?

Elena: Ahahah addio sfigato del cazzo

59

Elena ti ha bloccato

Mi ha fregato la stronza, ha capito praticamente subito che non ero una ragazza e l'ha tirata leggermente per le lunghe, giusto per vedere fin dove mi sarei spinto, probabilmente non era la prima volta che le capitava una cosa del genere.
Ciò vuol dire che non sono così tanto originale come speravo.

Tutte le altre conversazioni che ho avuto non sono state utili tanto quanto questa (nonostante un esito non proprio positivo) però dagli errori si impara sempre qualcosa. Ho scoperto (e avuto conferma) tante cose fondamentali riguardo i rapporti sociali virtuali.non sono un avanzamento dei rapporti fisici, ma si basano esattamente sulla stessa cosa.
Tutto comincia dall'aspetto fisico e probabilmente ci finisce anche.

Vaffanculo. Questo mondo di merda non ha un posto per i brutti, neanche virtuale.

Giorno 46 (10 Febbraio 2020)

Scusami per ieri, non volevo concludere in quel modo e assolutamente non volevo farti pena. Ammettiamo che non sono questo gran figo, ma neanche brutto suvvia… Aaawww, che tenero! Neanche tu sei troppo male per essere un insieme di pixel… non so esattamente come tu sia… io vedo solo che cambi in base a ciò che scrivo mi spiace.

Ad ogni modo,ora la questione foto non ha più importanza e sai perché? Non perché sono maturo e me ne frego, ma perché sono stronzo e ora le frego.

Diciamo che ho abbastanza conoscenze di grafica… sia per sistemare le mie foto al meglio, sia per modificare foto già esistenti altrui in modo da non renderle troppo riconoscibili. Mal che vada interviene sempre dio internet con ogni possibile e inimmaginabile tutorial.

Perché insisto sull'essere falso e non mi faccio invece apprezzare per quello che sono? Perché le uniche persone della mia vita che mi abbiano mai apprezzato lo hanno fatto perché dovevano in quanto genitori o perché troie!!!

Giorno 40 (11 Febbraio 2020)

Sai, credo che dovrei evitare di fermarmi in certi momenti e... boh... dovrei provare a lasciarmi andare con te. In fondo Federico sei il mio unico vero amico, no? Piaciuta la rima? Comincio a mancare di originalità già dopo un mese? Io che volevo arrivare almeno a cinque...

Tornando però al problema di ieri... non è vero che i miei genitori sono stati costretti a volermi bene. Mia mamma ha donato la sua vita per mettermi al mondo. Ho saputo l'intera storia quando ho compiuto la maggiore età e ho letteralmente costretto il mio povero papà a raccontarmi tutto.

Ho sempre saputo che qualcosa di brutto fosse successo alla mia mamma. Perché dai, uno se ne accorge se gli manca un genitore! I classici animati non riescono a fartelo accettare del tutto a prescindere. Non ci vuole tutta questa grande fantasia ad immaginare che qualcosa possa essere andato storto.

Quando un giorno papà mi spiegò per filo e per segno cosa fosse successo in ogni singolo dettaglio: portare avanti la gravidanza sarebbe stato pericoloso per la sua vita, ma in quel modo avrebbe potuto salvare la mia. Il suo rifiuto di tirarsi indietro mi ha dato una possibilità in questo mondo.

Una donna, che nonostante non avesse ancora un figlio, ha compiuto il gesto più materno che si potesse fare, rischiare tutto per salvare quell'esserino deforme così piccolo, eppure già così tanto amato.

Ho pianto.

Sto piangendo.

Moltissimo.

La persona che non ho mai conosciuto e non potrò conoscere mai, è quella che più di tutte mi amava.

Chissà se ha almeno avuto la possibilità di vedermi, almeno una volta.
Chissà se ha almeno avuto la possibilità di sapere che il suo sacrificio non era stato invano e che suo figlio era venuto al mondo in ottima salute, così da poter morire più serenamente.
Chissà cosa avrà provato il mio papà. Un misto di emozioni probabilmente... come mischiare il colore più bello con il colore più brutto magari... non credo che la mia nascita lo abbia consolato più di tanto, perché niente lo ha più consolato in tutta la sua vita. Era come la luna, nonostante fosse sempre baciata dal sole, nascondesse un lato buio, freddo e arido che non vedrà mai la luce.

Mentre mi raccontava questa storia piangeva, aumentando non di poco i miei già ben presenti sensi di colpa.
Non mi ha mai assolutamente odiato, anzi mi ha dato più amore di qualunque altro avrebbe mai potuto darmi, seppur col cuore distrutto.

Mi sono sentito in colpa? Si, ovvio.

Una colpa che sapevo di non avere, una colpa il cui fondamento non era che "avevo ucciso mia madre" o cose del genere da manga per bambini... ma la colpa di non aver mai apprezzato il dono della vita che mi era stata concessa e aver sprecato tutta la mia vita ad essere un recluso, un asociale, il compagno di classe che mancava sempre alle feste e nessuno se ne accorgeva mai.

Nonostante questo mio pensiero, credo che la mia mamma mi avrebbe voluto bene lo stesso.
Cosa non darei per avere anche solo il ricordo della sua voce e delle sue ultime parole... che forse scelse di rivolgere a quel piccolo bozzolo di amore e coperte che ha potuto stringere tra le braccia solo per pochi istanti dopo una vita di attese e delusioni.

Purtroppo questi pensieri non avranno mai una risposta precisa, non me la sono più sentita di parlarne col mio papà dopo quella volta e onestamente me ne pento, è uno dei pensieri più cupi che mi accompagna prima di dormire ogni tanto nelle notti più cupe.

Venendo al mondo spero almeno di averti regalato un ultimo sorriso, mamma.

Giorno 48 (12 Febbraio 2020)

Direi che stiamo facendo enormi passi nella psicoanalisi della mia vita, che dici? Non mi ero mai aperto così tanto con me stesso, figurati con qualcun altro che neanche riesco a guardare i volti delle persone che vedo giù dalla finestra… si credo che la mia vista stia calando per l… l'età, coglione.

Ti sto scrivendo prima rispetto al solito perché sono alquanto scosso, hanno annullato il Mobile World Congress a Barcellona che doveva tenersi a breve! Da non crederci vero?! Ah, non capisci quale sia il mio ruolo in tutto questo?
Da buon appassionato di tecnologia ti pare che non attenda un evento del genere? Anche virtualmente e a distanza è una cosa stra interessante e poi sono sempre curioso di vedere cosa tirano fuori di così eclatante per migliorare il solito rettangolino nero che creatanta dipendenza alla gente. Me compreso. Tanto cambio telefono una volta l'anno e non mi chiama ugualmente mai nessuno.

Pare che sia stata annullata per quel dannato virus di cui ti avevo accennato, ora si chiama "COVID-19", un nome piuttosto meno memorabile rispetto alle varie influenze. Mi divertiva di più quando lo avevano soprannominato "Corona". Tra draghi e cavalieri il giornale sembrava raccontare una favola per bambini. Comunque sono sicuro che ce ne dimenticheremo presto dai… era tutto inutile allarmismo.

Cambiando discorso ho deciso di mantenere una linea bella rigida riguardo i profili e di concentrarmi unicamente su un solo sito (nonneincalore.it non ha aiutato molto nella mia ricerca sociale).

Ad oggi la conta delle mia gesta è di 3 profili. o ancora il primo profilo "onesto", che uso solo per sentirmi con Maria Trav (di cui ti avevo parlato) che è veramente una persona splendida.
Dovrebbero esserci più donne come lei.

Poi ho il profilo falso di Claudietta… si fà ridere anche a me scriverlo e infatti ho cambiato il nome in Claudia. Cioè dai, mi avevano scambiato per una zoccola e nonostante le esplicite richieste di non

mandarmi foto mi sono ritrovato le chat piene di peni!
Davvero una situazione penosa.

Infine, dulcis in fundo (l'ho imparato in un videogioco del 2003).

[Gian Profondo, 26 anni, Milano]

"Ciao! Mi chiamo Giovanni, ma potete chiamarmi Gian :)

Amo i viaggi e la fotografia professionale.

Ho un'azienda di casting in cui mi occupo di provini per sfilate e
pubblicità ;)

Se ti va di vedere qualche foto dei miei viaggi mi trovi su ij
gian.profondo94"

#foto #viaggi #avventure #fugheromantiche #moda

Come mi è venuta in mente una cosa simile all'improvviso?
Ok Federico, lo ammetto, non sono stato del tutto sincero con te...
forse ho creato qualche profilo in più rispetto a quanto ti ho
raccontato. Quanti non lo so... ho perso il conto. Considera che
alcuni li ho abbandonati appena creati perché non mi piaceva il
nome.
Si credo che la situazione mi sia leggermente sfuggita di mano.

Quest'ultimo profilo non è ancora pubblico. L'ho creato, ma sto
aspettando a dargli visibilità, in quanto ho prima creato tutti i vari
profili social, nei quali pubblicare le foto di panorami e minchiate
varie, che potrebbero piacere al nostro caro signor Gian in questione
così da renderlo più realistico sai, e chissà che con qualche foto
caricata magari acchiappo qualche seguace. Ovviamente niente
selfie, è un fotografo quindi è normale che non ci siano foto sue, sono
un genio eh.

Giorno 49 (13 Febbraio 2020)

Cerco sempre di raccontarti qualcosa di particolare ogni giorno. Sai reputo alquanto noioso sprecare tempo per scriverti delle cose quotidiane che faccio o cose prive di importanza (come un torneo online con gli amici del forum o un episodio di qualcosa che ho visto... che però credo veda anche tu con me tramite i circuiti... ahah si, quanto fa ridere quello col tacchino in testa?

Se poi a te frega qualcosa e ne vuoi parlare insieme dimmelo pure eh, che a me fa solo piacere... ecco come immaginavo.
Già ti rompi a sentirmi per le cose straordinarie figurati le ordinarie, anche se ridendo e scherzando siamo già a ben 42 giorni...
42 è sempre la risposta corretta: un record per qualunque mia attività extra ludica onestamente. Sentiti importante

Detto tra noi, ieri ragionavo su come ti scrivo. Tu hai il correttore automatico, quindi la grammatica dev'essere corretta per forza, è il resto che mi preoccupa... ma vabbè mi prendo la licenza poetica per tutto quello che ho sbagliato a scrivere. Che tanto chi è il pirla che si metterà a leggere questa roba? Nemmeno io che l'ho scritta la rileggo.
Credo che ormai si sia capito.

Ma se proprio vuoi che ti racconti qualcosa di abbastanza interessante riguardo ad oggi, ti confesserò che comincia a mandarmi in confusione questa storia dei profili multipli. Ti giuro, sono quasi finito per rimorchiare me stesso! Nel senso che... con quello principale maschile, su cui ti ricordo che avevo letteralmente finito le ragazze disponibili all'epoca, sono finito con lo scrivermi da solo parlando col profilo di Claudia... credo che la cosa rientri nella sfera dell'autoerotismo l'autorimorchio tu non trovi? Te lo dice un esperto nel settore, anche se onestamente credo di essere più ferrato nella sfera dei veicoli industriali.

Federico?...

Mi sa che la tua sopportazione nei riguardi del mio fantastico umorismo cominci a cedere.

Giorno 50 (14 Febbraio 2020)

Mi hai preso i cioccolatini vero? Eppure lo sai che sono allergico al lattosio, infame bastardo che non sei altro!... beh si... mi vedi mangiare cioccolata in quantità industriale... tanto me ne frego dei problemi che mi dà mangiare certe cose. Tanto vivo completamente da solo anche se passo la giornata sul cesso nessuno se ne accorgerà e infondo la mia situazione di base è già nella... hai capito. Ok niente volgarità gratuita, però devi ammettere che se avessi una faccia faresti un sorriso imbarazzato ogni volta scuotendo la testa con fare apprensivo.

Dai, aggiungo anche la solita curiosità depressa: mi faccio del male da solo senza un apparente motivo.

Questo perché se sto a pensare che ho una guerra punica (con tanto di elefanti) nello stomaco non ho il tempo di pensare ad altro, quindi diciamo che può essere visto come un "stordirsi con l'alcool quando vi si vuole affogare i brutti pensieri che non ti lasciano in pace". Sai che ti stai facendo del male, ma è un male che colpisce decisamente meno rispetto alla realtà... o almeno credo altrimenti perché bevono nei film ogni volta che succede qualcosa di brutto?

Celebrerò comunque questa fantastica ricorrenza commerciale con la quotidiana caccia alle ignare pulzelle solitarie... facendo leva sul fatto che mentre le altre coppie sono fuori ad amoreggiare, loro sono virtualmente bloccate in un sito senza sbocchi amorosi.
Se non sono felice io, non vedo perché lo debbano essere gli altri.

Oggi mi sento particolarmente cattivo.

Giorno 51 (15 Febbraio 2020)

Mi sento tradito, cazzo.

Non da te ovviamente…
Alessandro… pensavo ci fosse qualcosa di vero tra noi… chi è
Alessandro? Uno che mi ha scritto sul profilo di Claudia… questo
tizio coglione bastardo mi ricordava così tanto me... che gli ho aperto
il mio cuore. In realtà la merda voleva che aprissi altro… tutti uguali
gli uomini.

[Alessandro, 28 anni, Milano]

"Chissà se finalmente troverò qualcuno di interessante almeno qui..."

#viaggi #chat #amore #speranza #sciare

CHAT

Alessandro: Ei ciao, ti disturbo?

Tu: Ehi, no vai tranquillo, non sto facendo niente ahah

Alessandro: Ahah nemmeno io...di dove sei? :)

Tu: Di Milano...c'è scritto…

Alessandro: Ops scusami hai raggia, solo che boh la tua foto mi ha
lasciato senza fiato e mi sono distratto ;)

Tu: Aww che carino che sei *-*

Alessandro: Ahah grazie e scusami se sono così impacciato, ma sei
l'unica a cui ho scritto perché mi hai davvero colpito ;)

Tu: Oddio mi fai arrossire ç.ç

Alessandro: Infatti ti dirò che non so esattamente come funziona...possiamo passare direttamente alla parte in cui ti chiedo di uscire? ;)

Tu: Ahah come sei diretto...

Alessandro: Beh, non ti piace? :*

Tu: Beh...diciamo che apprezzo...

Alessandro: Quando potresti? Così mi organizzo :*

Tu: Devi organizzare le altre ragazze? Ahah

Alessandro: Ahahah no te l'ho detto non sono il tipo, a me interessi solo tu :*

Tu: Oddio non so cosa dire...nessuno mi aveva mai detto niente del genere ò.ò

Alessandro: Beh, non hai mai incontrato uno come me :*

Senti, non giudicarmi Federico.
Per un attimo (durato circa mezz'ora) mi sono dimenticato del dettaglio dell'essere maschio... nonostante il dettaglio non sia di certo poco evidente e riconosciuto universalmente come patrimonio dell'umanità... dai non rompere e vai sulla fiducia.

Mi sono sentito veramente corteggiato, il che è assolutamente una sensazione tanto bella quanto inedita per uno come me che di solito mi occupo di preparare il lubrificante prima dell'accoppiamento.
La sensazione poi è stata particolare, anche perché impersonavo una ragazza per la prima volta e forse mi sono calato un pochino troppo nel ruolo... non sto scherzando. Ti giuro che mi sono sentito stra coinvolto.
Viaggiando con la fantasia mi sono immaginato completamente diverso, con tanto di chioma bionda e davanzale mica male... si ma per una volta non era per una fantasia autoerotica o un giochino

porno, ero coinvolto a livello mentale. Come se stessi guardando uno di quei film che ti separano dalla realtà trasformandoti in un essere blu di tre metri che cavalca pterodattili su un pianeta dal nome di una canzoncina sconcia.

Ma sono felice di averlo fatto perché mi sono "aperta" (i commenti dopo per favore) dando la possibilità ad uno sconosciuto senza alcuna dote particolare (che in foto non sembrava granché) una possibilità con me. Ora che ci penso... si è comportato esattamente come me... riguardo il sentirsi traditi?
Beh... forse avrei dovuto dirtelo prima per dare più senso alla storia di oggi, ma lo sai che mi piace serbarti sempre le migliori sorprese... diciamo che non ho esattamente un solo profilo femminile...

[Federica, 22 anni, Milano]

"Studentessa universitaria, non cerco avventure dò il mio profilo ij solo se interessata in privato, vi chiedo scusa, ma non riesco a rispondere a tutti D:"

#cenafuori #ballare #università #aperitivo #gatti

CHAT

Alessandro: Ei ciao, ti disturbo?

Tu: Ehilà!

Alessandro: di dove sei? :)

Tu: Di Milano, coglione.

Alessandro: Ahahah maddai scusami non avevo letto, solo che boh la tua foto mi ha lasciato senza fiato e mi sono distratto D:

Tu: Solo la mia?

Alessandro: Certo, sei la prima e unica a cui scrivo...non sono un da avventure e infatti ti dirò che non so esattamente come funziona...possiamo passare direttamente alla parte in cui ti chiedo di uscire? ;)

Tu: MA VAFFANCULO COGLIONE DI MERDA

Alessandro: Ahahah vaffanculo tu schifosa zoccola cesso che nn sei altro :*

Alessandro ti ha bloccato

...capisci lo stronzo? Diceva di essere sincero e invece faceva il coglione con tutte! Io gli ho dato la mia fiducia e lui invece mi stava prendendo per il culo!Ho cominciato io?! Lui mica sapeva niente di me, quindi la colpa è sua.
Non è che si stava vendicando di me, perché io avevo rimorchiato due suoi profili... ah cazzo.
In effetti... se lui lo ha fatto con me, come posso sapere che anche lui/lei non stia facendo esattamente la stessa cosa?
Non mi sento più così originale.

Perché sto facendo questo? Beh, volevo vedere com'era essere dall'altra parte per una volta. Non era la prima volta hai ragione... senti è tutta esperienza che mi aiuterà ad essere un uomo migliore! Certo il collegamento tra il fingersi donna per rimorchiare uomini illudendoli e diventare un uomo migliore non può essere immediato, ma fidati che un senso lo deve pure avere.

Tornando alla questione, il profilo di Gian Profondo non è ancora pubblico, ma ti assicuro che sta crescendo e sto aspettando di raccogliere ulteriori informazioni. Vorrei andare a colpo sicuro con lui che mi sto impegnando davvero tanto con le foto e tutto il resto.

Questa sera non riesco proprio a lasciarti andare sai? Sarà per la delusione amorosa o il sentire la valanga di ragazze a cui ho scritto ieri approfittando dei loro cuori infranti… eh già… qualcosa sono riuscito a raccogliere e ora sono online con lui:

[Valentino Legge, 25 anni, Milano]

"Sono qui per ricominciare dopo che ho perso tutto, chiedo scusa in anticipo, ma non sono bravo in queste cose… lavoro come chirurgo e amo le moto."

#moto #medicina #foto #sushi #libri #gatti

Figo eh? La foto è mia con la sola modifica degli occhi in azzurro e i capelli ricci… si ok anche la forma del viso e il pizzetto… si ok anche la forma degli occhi… si ok anche la moto…
Vaffanculo! Ho preso una foto su di un sito di casting per modelli e ho cambiato… il nome. Quello giuro che è una mia idea originale… mica presa da un manga o altro. Diciamo che sta andando piuttosto bene dato che sto mettendo in pratica diverse tattiche per verificare le diverse risposte. In questo caso il mio Valentino Legge punta sulla… sul fare pena. Dato che è appena stato lasciato da poco… si ok è giovane e ha tutta la vita davanti, ma comunque si sente vulnerabile e insicuro sul futuro dato che ha perso la persona che ama e in cui credeva per poter costruire qualcosa… NO NON RIGUARDA ME, CRISTO.

Seriamente, perché io non ho mai utilizzato la mia storia per poter fare breccia nel cuore delle persone con un patetico vittimismo. Semplicemente le "persone" non mi sono mai interessate più di tanto e io non sono mai interessato a loro… fine della storia, non ci azzeccano niente i tuoi assurdi teoremi.

Questo profilo mi serve per fare leva su un qualcosa che generalmente non dovrebbe funzionare su questo tipo di piattaforma. Generalmente (e per quanto ne so vagamente io) le ragazze cercano un uomo sicuro di sé e in grado di prendersi cura di loro amorevolmente (e dato il principale scopo del sito… sessualmente). Riuscirà quindi un bellissimo ragazzo che ha una vita relativamente perfetta a conquistare Jessica, Marika e Elisa? Perché proprio loro tre? Perché sono le uniche tre che mi interessa conquistare in questo modo… perché con loro ho già fallito, con la stessa strategia di pena. Con foto mie però.

Si ok, ti mostro. Questo è il profilo che ho usato…

[Luigi Fratello, 25 anni, Milano]

"Sono qui per ricominciare dopo che ho perso tutto, chiedo scusa in anticipo, ma non sono bravo in queste cose…"

#romanticismo #ceneacasa #serietv #viaggi #idraulica

Si, esatto, stessa identica età e descrizione simile. Unica differenza sono le foto che ho usato. Sono di quando avevo 25 anni… non secoli fa caro mio e confermo che non sono propriamente diverso da come sono adesso, chilo più chilo meno. Ti copio-incollo le meravigliose conversazioni che ho avuto con le simpatiche pulzelle.

[Jessica, 24 anni, Milano]

"Se con me cerchi divertimento parti male, si a persone interessanti e no a cazzi in chat!"

#seria #cani #viaggi #aperitivo #disco

CHAT

Tu: Ehi, ciao scusami ti disturbo?

Jessica ti ha bloccato

Non male eh? Neanche una risposta, un ciao o un vaffanculo. Letto e poi addirittura bloccato come se fossi un essere pericoloso per la sua inutile e patetica incolumità.

Sono tantissime le ragazze che non rispondono. Come cosa ci può stare eh, non sto mica dicendo che sei obbligata ad avere a che fare con ogni disperato che ti scrive. Non sei minimamente interessata? Ci può stare assolutamente. Chi ti dice niente... puoi non rispondere alle centinaia di messaggi che ti arrivano da maschi arrapati e la vita di tutti continua allo stesso modo, ma addirittura bloccare... in questo caso l'intento mi sembra proprio quello di ferire sentendosi superiori, non credi?

Con lei è andata leggermente meglio.

[Marika, 27 anni, Milano]

"Non importa ciò che siamo fuori, ma ciò che conteniamo dentro.
Alla ricerca di persone pure"

#film #libri #sognare #poesie #arte

CHAT

Tu: Ehi, ciao scusami ti disturbo?

Marika: No

Tu: Come mai qui?

Marika: Bene

Tu: Si

Marika: Ok

Tu: "Foto"

Marika ti ha bloccato

... che foto ho mandato ti chiedi? Ma figa Federico! Lei fa la troia super preziosa e il dettaglio su cui ti soffermi è la foto che ho inviato innocentemente, solo per vedere se mi leggesse... si le ho inviato l'uccello, palese.

"Come disse il saggio pio, foto al cazzo e premi invio!"

Non la sapevi? Leggi i libri, ignorante.

[Elisa, 25, Rozzano]

"Sono stata ferita troppe volte da persone di cui credevo potessi fidarmi...ora è arrivato il momento di ricominciare, sarai all'altezza?"

#disco #postieleganti #shopping #macchine #mare

CHAT
Tu: Ehi, ciao scusami ti disturbo?

Elisa: Ti fermo subito, no.

Tu: Perché?

Elisa ti ha bloccato

Si, si è anche degnata di rispondermi, ma se vuoi fare le cose per bene falle fino alla fine, non credi? Cioè sembrava che lo facesse più per lei che per me. Il suo fermarmi subito era per evitare di farmi perdere tempo o evitare avere una delusione da lei? Per me era piuttosto un modo suo per sentirsi figa e caritatevole allo stesso tempo (senza crederci fino in fondo).
No, non mi è andata molto a genio la cosa come avrai notato, comunque ora ti mostro l'elenco delle chat di Valentino Legge di questa notte, prima che staccassi.

CHAT

Francesca

Tu: Ehi, scusami, non sono bravo col primo messaggio >.<

Eleonora

Tu: Ehi, scusami, non sono bravo col primo messaggio >.<

Beatrice

Tu: Ehi, scusami, non sono bravo col primo messaggio >.<

Simona

Tu: Ehi, scusami, non sono bravo col primo messaggio >.<

Giulia

Tu: Ehi, scusami, non sono bravo col primo messaggio >.<

Elisa

Tu: Ehi, scusami, non sono bravo col primo messaggio >.<

Teresa

Tu: Ehi, scusami, non sono bravo col primo messaggio >.<

Nome Moderato

Tu: Ehi, scusami, non sono bravo col primo messaggio >.<

Giorgia

Tu: Ehi, scusami, non sono bravo col primo messaggio >.<

Jessica

Tu: Ehi, scusami, non sono bravo col primo messaggio >.<

Ilaria

Tu: Ehi, scusami, non sono bravo col primo messaggio >.<

Erica

Tu: Ehi, scusami, non sono bravo col primo messaggio >.<

Marika

Tu: Ehi, scusami, non sono bravo col primo messaggio >.<

Eh che bel lavoretto eh? Ci ho messo poco. Non avevo proprio voglia di dedicare ad ogni ragazza una frase personalizzata. Ormai mi sembra fin troppo uno spreco di tempo cercare di essere aperti e disponibili dedicando del tempo alle persone, immaginandole come se fossero persone vere e non dei pixel sullo schermo. Ho scritto a qualunque essere vivente di genere femminile (o vagamente tale) che fosse nelle vicinanze, sai com'è non mi andava di spendere ancora soldi inutilmente per aumentare il raggio o arrivare ai profili più gettonati, preferisco farmi respingere gratuitamente dopo aver speso la tredicesima in "gemme sblocca foto".

Ripeto per l'ennesima volta, a me non importa conoscerle sul serio dal vivo e lo sto facendo unicamente per me stesso, nella speranza di poter finalmente uscire di qui e ricominciare a vivere prima che diventi un tutt'uno con la poltrona. Ho scritto pure a ragazze che sono al limite dell'inguardabile o al limite dell'età (seriamente, superata una certa cifra dovrebbe essere vietato iscriversi in questo sito). Non mi importa niente dell'aspetto e sono sincero quando lo dico. A differenza di tutte le simpaticone che sto conoscendo, che tanto si spacciano per buone samaritane dell'amore e poi vogliono il classico ricco figo e sensibile.

Guarda questa mattina il risultato del mio durissimo lavoro!

CHAT

Francesca

Francesca: Ehi ahah tranquillo

Eleonora

Eleonora: Ahahah non male :')

Beatrice

Beatrice: Ehii ahah

Simona

Tu: Ehi, scusami, non sono bravo col primo messaggio >.<

Giulia

Giulia: Sempre meglio che mandare il cazzo ahah

Elisa

Elisa: Ehi ahah non ti preoccupare, lo trovo dolce *.*

Teresa

Tu: Ehi, scusami, non sono bravo col primo messaggio >.<

Nome Moderato

Tu: Ehi, scusami, non sono bravo col primo messaggio >.<

Giorgia

Giorgia: Ciauuuu

Valentina

Tu: Ehi, scusami, non sono bravo col primo messaggio >.<

Ilaria

Ilaria: :')

Erica

Erica: Ehi ahah scrivimi su ij erika.91

Jessica

Jessica: Ahah che dolce, di dove sei? Milano anche tu?

Marika

Marika: Ahahah sei partito bene per me :')
Che fai nella vita? Di dove sei?

Diciamo che noto solo qualche piccola differenza di trattamento, nonostante la variazione consista solo nell'aver cambiato i pixel nel cerchietto in alto a sinistra. Quindi non darmi del superficiale.

Hanno cominciato loro!

Giorno 52 (16 Febbraio 2020)

Ehilà Federico, come stai?... felice di sentirlo e... si ovviamente ho passato la giornata a messaggiare con quelle ragazze... perché non mi hai visto aprire siti zozzi oggi? Beh... diciamo che Marika e le sue amiche hanno rimediato a certe esigenze.
ESATTAMENTE!
La leggenda era vera! Proprio come nelle grandi storie!

LE RAGAZZE CHE LE ESCONO ESISTONO!

Certo che ho ricambiato, ma solo in ambito penale come si suol dire, non puoi capire se sono un tizio tutto addominali solo da quello, tu non credi?
Chissà se... essendo un muscolo anche lui, si può allenarlo? Non ho mai visto un pene fisicato... faccio una ricerca rapida rapida.

Questo evento pone finalmente delle basi concrete per la mia malvagissima vendetta... cosa? Assolutamente no, non condividerò certe cose in giro, ma ti pare, sono il mio tesoro e sono geloso delle tettine duramente aspirate e finalmente guadagnate!
Se mandi qualcosa a qualcuno è per uso personale e non tradirei mai la loro fiducia... non così gravemente almeno.

Non appena inviata tale documentazione privata, viene subito screenshottata e riposta gelosamente all'interno del mio archivio cassaforte con doppia autenticazione.
in effetti me lo domando anche io... perché tutta questa sicurezza, chi minchia guarda il mio telefono oltre a me? Ma fai finta che boh... me lo hackerino o altro, almeno chi guarderà dentro non penserà che sono uno zozzone visti tutti gli hentai che ho salvato tra i preferiti.

Ma torniamo al discorso che ti stavo facendo.
Per vendetta intendo illuderle che possano avere una minima possibilità con uno come me, cioè con uno come Valentino Legge, per poi stroncarle sul più bello... Ovviamente non fa più parte della ricerca o della curiosità, è pura vendetta che quelle zoccole si meritano per avermi trattato così... per essere sempre stato trattato così... Qualcuno deve pagare e finalmente ho il mezzo per farlo...

come se mi avessero appena assunto come cassiere al
supermercato, stessa cosa.

Non sto mica facendo niente di grave, vedila come un modo del tutto
innocente per riequilibrare l'universo. Per tutte le sventure sociali che
mi sono successe nella vita, specialmente quelle che mi arrivano dal
mondo femminile.

Inoltre in un certo senso... se la sono cercata comportandosi così.
Chiamalo Karma, giustizia divina o semplice voglia di fare gossip.
Non mi interessa. Voglio dare a tutte loro una lezione che possa
servirle veramente, così che meno persone come me diventino...
come sono diventato adesso.

Non è così bello essere me.

Giorno 53 (17 Febbraio 2020)

Il piano non sta andando esattamente come pensavo che andasse...
non riesco ad essere cattivo con loro nonostante tutto... non
volontariamente almeno...
Sono riuscito a conquistarne qualcuna, si. A farmi mandare le tette,
si. Hai ragione. Ho raggiunto il mio obiettivo.
Il problema è che... non voglio perderle.

Teniamo conto che non parlo con così tanti esseri femminili, da
quando hanno introdotto l'euro e solo perché mi sono ritrovato per
sbaglio nel bagno delle donne... per parlare intendo una lunga vocale
tipo "AAAAAAAAAAAAH" con un coro sottostante di risate, quindi la
mia voglia di attenzioni è tutt'altro che spenta.

Non voglio perderle perché con loro io sto veramente bene. Parlare
con loro, seppur di niente di cui mi importi (dato che mi credono un
altro... aggiungiamo pure che sto parlando di cose che neanche so
cosa siano o come funzionino... tipo le moto da corsa o la chirurgia...
con la quale sono al livello allegro chirurgo).
Purtroppo pare che le mie vere passioni non interessino così tanto al
tipo di ragazza che riesco ad incontrare qui. Ragazze che non
appena accenni ad un qualcosa che vada oltre la soglia tollerata
della serie tv, fanno le mezze schifate.

Però la cosa non mi dispiace così tanto tanto ripeto: è tutto un fare
pratica nel caso trovassi davvero qualcuno di interessante. Ne ho
parlato anche con gli amici del forum... senza però specificare la
cosa dei profili falsi... eddai non è così fondamentale da sapere
come dettaglio, mi crederebbero pazzo non credi? Grazie a questo
sotterfugio, la mia situazione è decisamente molto meglio di prima,
non mi sento più così solo da fare schifo. Anzi. Mi sento fin troppo
oppresso... per un piccolo dettaglio che coinvolge giusto un paio di
loro.

CHAT

Giulia

Giulia: Che fai domani tipo?

Jessica

Jessica: maaa senti vivi da solo no?

Marika

Marika: stasera esci?

Elisa

Elisa: ahah grazie non sei male pure te ma senti io questa sera faccio un'ape in nave mica abiti lì?

Hai compreso la situazione? Si... "ape in nave"... lasciamo stare il gergo giovanile che mi vengono i brividi... Come faccio a tergiversare fino a ... beh si, fino all'infinito. Non c'è alcuna speranza che io possa fisicamente assomigliare al fantomatico e pragmaticamente perfetto Valentino Legge.
Però non voglio perderle, cazzo.
Pensavo che si sarebbero accontentate di un rapporto platonico ed esclusivamente virtualmente platonico per un periodo decisamente più lungo delle neanche 48 ore passate dai primi messaggi agli appuntamenti.

Non era decisamente nei piani questa cosa e adesso non so come rimediare... se mi mostrassi per come sono veramente, come minimo queste mi denuncerebbero per...
Magari si può fare un reato pure in questi siti ... beh, non è esattamente "furto d'identità", dato che ho creato io questa persona... se lo cerchi in giro non dovrebbe apparire nessun Valentino Legge, che fa il chirurgo, a cui piacciono le moto. Spero... si, che casino.
Non pensavo che sarei mai arrivato a questo punto.

Ho passato la vita a credere di essere un fallimento sociale, a questo punto credo che il mio principale fallimento sia prettamente fisico e la mia timidezza soltanto il contorno... no aspetta. Forse è il contrario hai ragione... vabbè in ogni caso... uno schifo. Il risultato non cambia.

Mi inventerò qualcosa per tirarla per le lunghe e magari riuscirò a... non farle andare via, facendole continuare a sognarmi come non sono.

Cambiando discorso (che sto cominciando ad andare in paranoia), ti racconto una cosa a cui proprio non riesco a credere... no, per una volta non riguarda il rimorchiare in chat ti ho detto! Guarda che ho una vita all'infuori delle tette virtuali eh! Mi sto riferendo al fatto che hanno annullato la più grande fiera di telefonia mobile... certo che la seguivo Federico, non è che se uno non riceve un messaggio dai tempi di Barbanera, allora non si interessa di tecnologia mobile!

Ti ricordi quel virus di cui ti avevo parlato? Beh ecco, pare che la situazione sia molto più seria di quanto immaginassimo... tu lo immaginavi? Nel senso... sei rimasto senza parole anche tu è solo perché sei totalmente privo di capacità di immaginare?
Si è un pensiero profondo, rifletticí su e avrai la risposta.

Giorno 54 (18 Febbraio 2020)

Non mi facevi così filosoficamente superiore eh? Eddai su non tenermi il broncio (premettendo che tu abbia un broncio, sia chiaro. Anche se in effetti che minchia è un broncio? Una parte del viso?). Cosa pensi di fare? Ignorarmi?
Bene, provaci pure. Tanto le parole appaiono comunque su di te. Mi dispiace deluderti, sei totalmente in mio potere, come se io fossi l'ennesima "hit spagnoleggiante" estiva e tu invece una casalinga quarantenne annoiata... nella sua settimana al mare sotto l'ombrellone... si, aggiungo sempre più dettagli alle minchiate che dico. Però... seriamente, fa pensare... cioè, li congelano i vari spagnoli e poi rifioriscono a maggio con il caldo? Ma soprattutto chi minchia è Tigo con cui tutti vogliono ballare?

Chiudiamo la parentesi riflessioni o passo il tempo a cercare su internet e ti devo raccontare cose... nono non delle solite ragazze, dai. Diciamo che sta diventando un pochino monotono anche per me scriverti sempre le stesse solite robe della mia vita da "toro da monta". Anche se devo dire che la situazione mi piace... Tra non molto inaugurerò il mio profilo perfetto muahaha e poi... eggià... e poi?
Che accadrà dopo?
Ci penseremo appunto dopo.
Ora bisogna godersi ciò che si ha.

Cooomunque. Facciamo mooolti passi indietro fino ad oggi, per poter meglio inquadrare la situazione. Tu hai conosciuto solo il mio lato da "Super Conquistatore Sciupafemmine", ma sappi che non sono sempre stato così.
Tutto è iniziato dall'infanzia... non riuscivo a parlare con gli altri bambini fin da piccolo, figurati durante l'adolescenza con le ragazze, quando arrivò il momento di buttarsi e cominciare a fare le prime esperienze di accoppiamento in questa insulsa e noiosa vita terrena... nono non è un riferimento religioso, ti pare? Ovviamente è legato alla solita storia che trovo l'esistenza noiosa... tieniti le domande per la fine, per favore, o perdo il filo.

Ok. Ho ripreso un attimo di serietà, ora ripartiamo e ti avviso che sarà un potente monologo di quelli che ci fanno i film cult!

Tutto è cominciato male fin dall'inizio, (non che ne voglia fare una colpa a nessuno sia ben chiaro) forse data la mia situazione familiare, mio padre era decisamente protettivo nei miei confronti i primi anni. Decisamente mi viziava riempiendomi di regali di ogni genere per non farmi sentire solo (come ad esempio videocassette e tutto ciò che poteva fungere da surrogato sociale fin da quando riesco a ricordare.
Mio padre lavorava tutti i giorni e anche se la nostra casa era esattamente sopra il suo negozio da parrucchiere... erano tante le ore che passavo da solo, immaginando di cercare palle di drago o usare palle per catturare o... (Oh mio dio! Quanti riferimenti alle palle che faccio, che due palle!) vabbè. Il concetto di base è che alle elementari tornavo a casa subito dopo la scuola, per tornare a quei fantastici mondi immaginari. Passavo gli intervalli da solo ad immaginare tantissime vite alternative che avrei potuto vivere se solo non fossi così... umano.

Qualche vano tentativo da parte degli altri bambini di socializzare giuro che c'è stato, ma da parte mia invece le risposte erano sempre... boh... non so proprio come definire il tutto. Nel senso che i miei vani tentativi di approccio erano talmente fiacchi, che neanche li reputo tentativi, ma fu comunque molto drammatica per me ripensandoci adesso. Cominciai a scavarmi sempre più la fossa nella solitudine sociale, in cui tutt'ora vivo (che già ai tempi arredavo con cura, probabilmente conscio che non me ne sarei mai andato. Per cui prima mi abituavo a starci e meglio era per me.

La situazione non cambiò affatto col passare degli anni, per non parlare durante l'adolescenza. La mia routine era composta unicamente da: libri, film, videogiochi e... nient'altro. La cosa bella è che mi bastava! La mia quindi non è assolutamente una lamentela malinconica sul fatto che oh mio dio, ho sprecato la mia vita. No, assolutamente no! A mia difesa personale: forse sapevo inconsciamente che mi sarei ferito provandoci, o forse infondo non mi interessavano le persone noiose prive di capacità soprannaturali. So che sono ripetitivo, ma è l'unica motivazione possibile che mi viene in mente per spiegarmi quella felicità solitaria che sto facendo fatica a provare ora.

Gli unici contatti sociali erano quelli obbligatori con mio padre e con i suoi eventuali clienti, quando mi portava giù in negozio per insegnarmi il suo nobile mestiere, che era stato tramandato di generazione in generazione. Fare il parrucchiere era il mestiere che la mia famiglia portava avanti da quando esistono i capelli (considerando la quantità di capelli che abbiamo in famiglia, specificherei capelli altrui). Solo che... boh, dopo i primi anni dell'adolescenza, non ero propriamente disagio disagio... semplicemente mi emozionava molto di più leggere un libro (in cui mi immaginavo scalando un vulcano per buttarci dentro dei gioielli, invece che dialogare con qualcuno sul "come stesse" oppure dover inseguire una palla sporca in mezzo al fango. Una volta che hai fatto abitudine al bulletto/a di turno che cerca di provocarti... tutto scorre molto più liscio.
Loro ignorano te e tu ignori loro.
Vivi e lascia vivere.
Pace e ammmmmore<3.

Oltretutto, nonostante il mio fisico scolpito dagli angeli (con tanto di chiappe marmoree) non sono mai stato uno sportivo. Specialmente quando si parlava di attività di gruppo. Questa però non era questione sociale. Il calcio lo può guardare e giocare anche chi è completamente solo nella vita, ma non è mai riuscito a darmi quel senso di euforia ed appartenenza ad un gruppo in particolare. Sono loro che vincono mica io no? Il nuoto mi piaceva invece, ovviamente senza nessun altro attorno (senza istruttore a rompere le scatole sul cosa dovessi fare), era così bello andare sott'acqua ed isolarsi completamente da tutti i rumori del mondo e guardare sott'acqua le tettone che ti passavano accanto... che immagine poetica eh?

Nonostante questo mio atteggiamento del tutto recalcitrante (belli i paroloni), era ovvio che avessi una marea di cotte varie (per praticamente ogni ragazza che aveva la sfortuna di incrociare il mio sguardo spento e perverso da pesce cotto in microonde), ma il tutto durava solo qualche giorno, per poi tornare al mio amore per la fantasia. Senza poi considerare che abitando in un paesino di provincia (zona Nord di Milano, non te lo avevo già detto?), alla fine le persone che si incontravano erano pressoché le stesse ogni santo giorno.

La situazione cambiò quando, a 20 anni, iniziai l'università nella grande Milano... perché a 20 anni? I cazzi tuoi mai eh?! Sto raccontando, non interrompere.

Sorpresa delle sorprese amici ascoltatori, dopo un fantastico liceo scientifico terminato con uno spettacolare 66 (e un calcio in culo) mi buttai sull'informatica, nonostante non fosse affatto mio desiderio studiare... beh non so esattamente quale fosse il mio desiderio a livello scolastico (all'epoca "che fu" e all'epoca "che dura tutt'ora") in quanto tutte le conoscenze di cui avevo/avrò bisogno le avevo già acquisite per conto mio.

Mio padre insistette, ed io per non deluderlo... non di nuovo... mi buttai in quell'immenso e sconosciuto mondo che era non solo l'università, ma la grande e spaventosa città di Milano!

Fu un vero trauma per me prendere il treno quella mattina del test, per fortuna (o per sfortuna non saprei dire ora) mi accompagnò il mio papà. Arrivò addirittura fino in classe, per essere certo che non sbagliassi oppure che colto da un panico (che sarebbe sicuramente arrivato) fuggissi via senza fare il test di ammissione.

Ovviamente il test andò alla grandissima... Ok, beh lo passai... Si, ok passato per un pelo di delfino, ma solo perché chiesero solo roba idiota di matematica che proprio fregacazzi.
Tanto l'importante era solo passare.

Ti farò una confessione... io alle lezioni non ci sono mai andato. Neanche una volta.

Mio padre se ne accorse? Ovvio che no.

Lui non solo faceva il parrucchiere, ma si occupava anche del "Comitato d'aiuto" del paese. Si prodigava facendo la spesa per i più anziani, portando i bambini dei vicini a scuola... si esatto, aveva un cuore d'oro! Non perché fosse calabrese eh. Non stereotipiamo (aggiungere al vocabolario) brutalmente con la storia che tutti al meridione sono buoni mentre al nord si fattura. Comunque un sacco di persone del paese in cui vivevamo erano buone esattamente come lui.... solo che lui per me era il più buono di tutti.

Non si accorse mai delle mie assenze all'università, perché a Milano ci andavo per davvero, ma circa due ore dopo l'orario in cui avrei dovuto prendere il treno... e solo per recarmi in una delle tante fumetterie oppure nelle meravigliose biblioteche che la grande città offriva.

Ho abusato della sua fiducia per tutto il tempo mentendo sugli orari, chissà... forse mi avrebbe capito...
No!
Non lo avrebbe fatto perché più che "lo studio" a lui importava semplicemente che io socializzassi con gli altri ragazzi della mia età.

Non fare troppo il criticone eh! Abbiamo una vita sola! Tu sei eterno finché corrente del server scorra, ma io non vivrò per sempre e ritengo che sprecare la propria vita e le proprie energie in viaggi avanti indietro ogni giorno (che non portano a niente!) siano un delitto contro l'umanità stessa (oltre che una vera e propria gogna sociale!).

Siamo costretti ad interagire con gli altri ad ogni costo... senza che nessuno ce lo abbia mai insegnato. Se le cose non vanno come dovrebbero, nessuno ti salva da quel bullismo indiretto del "non essere notati" o quello traumatico del "non essere scelti" in stile gogna pubblica... oppure semplicemente "dell'essere evitati" perché privi di carisma!

Vogliamo parlare delle interrogazioni? In piedi, davanti a tutti, in preda al terrore continuo dell'essere giudicati (non dal professore annoiato pagato con le tue tasse) da quei bastardi dei tuoi compagni che ti ritengono inferiore e non degno di attenzioni... solo per la mancanza di interessi in comune!

Scusami lo sfogo... ma questa sera sto veramente andando alla grande con le riflessioni personali del passato? Non trovi? Quanto

avrò scritto? Arriviamo alle 1000 parole? Per me si.
Fanculo a te che le conti in automatico!

All'università andava tutto alla grande, o almeno fino all'arrivo degli esami (che in fondo sono l'unica cosa che conta).
Fu proprio lì, nel momento in cui sarei stato giudicato che.... ANDAI ALLA GRANDISSIMA!

Una sfilza di 30 e lode! Com'è possibile?! Molto semplice: erano tutte cose che avevo già imparato per conto mio, tutto ciò poteva darmi quell'edificio era un banale pezzo di carta che mi avrebbe aperto le porte di un fast food.

Poi però... al mio ultimo esame della sessione tutto cambiò.

Non solo la mia vita universitaria, ma la mia vita in generale.

Perché arrivò LEI.

Giorno 55 (19 Febbraio 2020)

Non ti è piaciuta la suspense?

Mica scrivere tutto in un solo giorno dai, non ti annoi a leggere troppa roba di fila? Non mi viene neanche da fare le solite pause telefono (durante le quali lascio una riga vuota per recuperare più facilmente quando mi prendo bene... però il problema è che mi perdo lo stesso a rileggere ma vabbè... è un mio limite mentale che ormai sono abituato a leggere solo le chat).
Per oggi meglio fare una pausa con argomenti più brevi. Quindi pensavo di rimandare di qualche giorno la conclusione della storia. Non perché non riesca a raccontarla eh, ma perché semplicemente ho voglia di staccare e pensare a qualcosa di più allegro... ora che il mondo sta finendo... come? Non lo sai? Tranquillo, te lo dico domani. Ora voglio stare tranzollo.

Piuttosto ora ti aggiorno sugli ultimi sviluppi del fantastico mondo dell'amore virtuale che tanto ci piace e che ci fa venire voglia di continuare a scriverti e leggerti caro il mio Federico. Inoltre facendo semplicemente copia incolla sembra che io scriva molto di più e la cosa mi appaga non poco (sul tuo lato destro ho il numero di parole scritte e porca troia quante ne ho messe giù ieri! Veramente! Ma dove avevo la voglia?)

[Giulia, 24 anni, Milano]

"Ehii ciao a tutti, sono un tipo piuttosto solare e molto vivace, mi piace la gente profonda con cui condividere sogni e pensieri <3"

#vivere #viaggi #libri #storiedaraccontare #nonmollaremai

CHAT

Tu: Ehi, scusami, non sono bravo col primo messaggio >.<

Giulia: Sempre meglio che mandare il cazzo ahah

Tu: Ahah non sarei in grado di fare certe cose...

93

Giulia: Meno male perché è un continuo D:

Tu: Oddio...tanto brutta la situazione?

Giulia: Direi che la situa è proprio grave :')

Tu: Ahahah giuro che non te lo manderò tranquilla

Giulia: Beh l'importante è non subito...

Tu: Interessante ahah ma ora non me la sento proprio...

Giulia: Tutto ok?

Tu: Si, cioè no...cioè potrebbe andare meglio...a te come va?

Giulia: A me tutto bene assolutamente...ti va di parlarne?

Tu: Non vorrei annoiarti...

Giulia: Ehi vai tranquillo che assolutamente non mi annoi, dimmi tutto caro :*

Tu: Mi ha lasciato la ragazza settimana scorsa e sono veramente depresso...

Giulia: Oh cavolo mi dispiace! Ma cos'è successo?? D:

Tu: Non ne ho idea, semplicemente è sparita all'improvviso...

Giulia: Oddio ma è terribile! Vorrei poterti aiutare e farti stare meglio...

Tu: Eh non ti preoccupare...credo sia impossibile...

Giulia: "Foto" possono aiutare loro? :*

Tu: MA WOW

Giulia: Ahahah mi sembra che tu stia già meglio :')

Tu: Decisamente ahah grazie mille non so come ringraziarti

Giulia: Mi ringrazierai più avanti chi lo sa :*

Tu: Assolutamente, tutto quello che vuoi

Giulia: Mi accontento di un drink :P

Tu: Vedrò cosa posso fare

Giulia: Che fai domani tipo?

Giorno dopo

Tu: Ehiii scusami mi si era scaricato il telefono

Giulia: Oh ehi meno male pensavo ti fossi preso le mie tette e scappato via ahah

Tu: Ahah nono non potrei mai

Giulia: Quindi oggi puoi?

Tu: Eh oggi proprio no mi dispiace

Giulia: Doma?

Tu: Eh no

Giulia: Ok capito

Tu: Come ti va la giornata?♥

Giulia: Bene

Eeee fine della conversazione con la fantastica Giulia, la donatrice del primo paio di tette che abbia mai ricevuto online (senza spendere) di cui ti accennavo giorni più o meno è andata così anche con le altre eh, non so se ti va di leggere certe banalità. Anche se onestamente a me farebbe piacere leggere le chat altrui, infatti ogni volta che ne manda banana33 *impazzisco*. Oramai mi sa che l'allievo ha superato il maestro, dato che IO sono riuscito a rimorchiare una con cui LUI ha fallito. Casualità che abbiamo ricevuto l'affinità con la stessa ragazza? Il caso non esiste. Coincidenza? Io questo non creto.

[Elisa, 22 anni, Rozzano]

"Sono di Rozzano ma studio a Milano che considero la mia seconda casa, mi piace la discoteca anche se non disprezzo una serata film e coperte :)"

#film #disco #aperitivo #città #gatti

<u>CHAT</u>

Tu: Ehi, scusami, non sono bravo col primo messaggio >.<

Elisa: Ehi ahah non ti preoccupare, lo trovo dolce *.*

Tu: Uh meno male...ho proprio bisogno di dolcezza >.<

Elisa: Ooww successo qualcosa di brutto?

Tu: Eh la ragazza mi ha lasciato da poco senza dirmi perché...

Elisa: Oh cavolo mi dispiace...come ti senti?

Tu: Eh diciamo che stavo meglio prima...

Elisa: Per quanto poco possa contare sappi che ti sono vicina :*

Tu: Aaaww grazie :*

Elisa: Dimmi qualcosa di te che magari ti distrai

Tu: Beh mi chiamo Valentino come hai potuto leggere, i miei genitori hanno avuto molta fantasia col nome, ma sentirmi ti assicuro che "Vale" :P

Elisa: Ahahah maddaiii :')

Tu: E poi vabbè hai già praticamente letto tutto di me, non c'è altro da aggiungere purtroppo...

Elisa: Beh comunque ti trovo interessante

Tu: Uh mi sento onorato

Elisa: Scusami se non ti rispondo poco ma mi sto preparando, ti va di darmi un consiglio?

Tu: Beh si certamente

Elisa: "Foto" come ti sembra che mi stia?

Tu: Ma wow che eleganza! *__*

Elisa: Mi sembra di capire che ti piaccia ahah tu roba elegante la metti mai?

Tu: *Foto* che dici? Ma ovviamente non sono al tuo livello :*

Elisa: ahah grazie non sei male pure te ma senti io questa sera faccio un'ape in nave mica abiti lì?

Tu: Come?

Elisa: Mi dà come posizione sui navigli

Tu: Ah non sapevo ci fosse la posizione

Elisa: Sisi c'è anche se non precisa sempre

Tu: Eh infatti perché abito altrove

Elisa: Peccato, vabbè se ti va di raggiungermi scrivimi ciaooo

Cioè! Ora vengo a scoprire che toccando sul messaggio che invii ti dice non solo l'orario a cui è stato inviato, ma pure da dove! Ciò significa che ogni ragazza con cui ho parlato, facendo anche figure immonde, sa praticamente dove abito! Solo a livello di zona eh! Non indirizzo preciso preciso... Oddio. Non penso che vengano a cercarmi sia chiaro. Però... chissà... magari se vedono che tutti i ragazzi che scrivono vengono dalla stessa zona... qualche sospetto può nascere non credi? Ah, che foto ho inviato? Ovviamente ennesimo fotomontaggio del mio caro Valentino Legge, ho un book fotografico completo per ogni occasione... parti intime comprese (ovviamente ho messo le mie), così in caso di richiesta di foto ai gioielli non ci sarebbe alcun dubbio sul fatto che potrei non essere io. Non per vantarmi, ma è l'unica parte del mio corpo che si può apprezzare., Concludo che possiamo dire che in questo progetto ci ho messo letteralmente le palle?

Giorno 56 (20 Febbraio 2020)

Oggi sul forum si stava discutendo delle dipendenze. Ad esempio ci sono il fumo e l'alcool (che sono tra le più comuni) che vengono usate per combattere la depressione da solitudine... ti ho già accennato che non ho mai bevuto neanche il caffè io? Come sia possibile non ne ho idea, dato che ho convissuto con un uomo che si credeva un sommelier. A parte questo noi astemi abbiamo sempre avuto una vita difficile in questo mondo pieno di alcool usato per stordirsi per provare serenità... Sono il tipo ideale da invitare a cena, ma dato che devo sempre fare il rognoso su qualcosa... ritengo che la nostra mente non è altro che la fonte di tutti i nostri stimoli e pensieri, per quanto ne sappiamo potremmo benissimo essere solo dei cervelli rinchiusi in uno zoo per alieni, con degli schermi collegati che mostrano la vita (che ci stiamo immaginando).
Oppure ancora potremmo essere delle semplici batterie in una realtà distopica... al momento mi sfugge cosa voglia dire il termine.

Ok, è il contrario di utopico, l'ho sentito una volta alla radio e lo usavo di continuo in maniera scorretta, ma vabbè. Chiusa parentesi letteraria petalosa.

Reputo quindi che la mia mente sia la cosa più preziosa in assoluto che ho (ma tu pensa!) e l'idea di danneggiarla volontariamente in qualsiasi modo mi sembra ai limiti dell'assurdo. Eppure sembra l'unica strada (per alcune persone) per essere felici...
Si, anche io provo pena per loro. In questo caso per una volta mi sento decisamente superiore agli altri, anche se il mio sentirmi superiore me lo tengo per me... a differenza di altri che cercano di imporre le proprie convinzioni.
Cioè... non bevo, cazzo te ne frega?

L'argomento è venuto fuori perché un nuovo entrato, un certo tale Bano (nel senso che si chiama veramente Bano, Bano85 per la precisione... e si sono scemo io che ho voluto fare la battuta) si è iscritto parlando della sua storia di solitudine bla bla bla... roba già vista e rivista.
Però a suo modo l'ho trovata originale... vuoi leggerla?
Ok copia e incolla in arrivo.

Bano85

Uomo, 35 anni, Brindisi

<Salve a tutti, grazie per avermi accettato.
Per me scrivere queste parole è veramente un enorme sforzo ma ho capito di aver davvero bisogno di una mano ed è molto più facile chiederla qui che non rivolgermi a qualcuno di persona magari pagando pure.
Il mio problema riguarda il bere ed è un problema che mi ha portato via la mia moglie due mesi fa dopo essere stato licenziato dall'azienda di trasporti per cui lavoravo da anni come camionista.
Ho sempre bevuto in maniera moderata circa o almeno così credevo e ho litigato quasi fin da subito con i miei suoceri perché non mi negavo mai una birra nonostante dovessi guidare.
Io rispondevo ehi fanculo che sarà mai, c'è gente che guida gli aerei bevendo e a me era sempre andata bene d'altronde fin quando non sono stato beccato durante un normale controllo stradale circa 3 mesi fa mentre trasportavo un carico piuttosto importante che per motivi di privacy non rivelerò la sua natura o l'azienda per cui lavoravo con un tasso alcolemico superiore di boh non ho idea di quanto ma quanto basta per farsi ritirare la patente e farsi licenziare con la giusta causa a quanto pare.
Purtroppo è stata la goccia che ha fatto traboccare il vaso del mio matrimonio fallito in cui non ero mai a casa e quando lo ero bevevo per non dover sopportare il peso di mia moglie che mi diceva di non bere.
Solo ora dopo due settimane che non sto più bevendo niente ho la mente abbastanza lucida per capire che ha sempre cercato di aiutarmi e che mi amava nonostante sia una persona orribile, che per una semplice dipendenza si è rovinata la vita.
Mi ha lasciato dopo un mese circa che ero bloccato a casa senza lavoro costringendola a sopportarmi tutto il giorno, credo se ne sia andata dai suoi genitori o forse aveva un amante non lo so e onestamente non lo voglio più sapere.
Credo davvero che la mia vita sia pressoché finita dato che non ho concluso veramente un cazzo e mi ritrovo a 35 anni senza NIENTE se non un mutuo che non posso pagare e una ex moglie che si ex

moglie credo perché mi è arrivata proprio oggi la richiesta di divorzio, proprio oggi che avevo raggiunto le due settimane senza bere e che ero pronto a chiamarla per ricominciare.
In risposta a questa cosa quindi sono uscito a comprarmi qualche birra forse più di qualche birra credo non lo so e mi sono consolato così perché è molto meglio stare così che non dover affrontare i miei orribili pensieri che faccio a mente troppo lucida.
Concludo scrivendo ciò che forse vi sembrerà una cosa ovvia cioè che ho trovato questo posto di aiuto perché cercavo consigli rapidi sul come suicidarmi.
Grazie per l'attenzione e spero di aver scritto in maniera comprensibile.>

Capisci perché non ho mai bevuto e mai lo farò? A me l'idea che ha dato la storia di quest'uomo... è che si è rovinato la vita per 33cl di troppo al giorno. Dubito che ne sia valsa la pena e dubito che si possa fare un qualcosa di concreto per aiutarlo a recuperare... credi che sua moglie possa tornare ed aiutarlo? Che la sua vita e i suoi errori potranno in qualche modo sparire per sempre? Anche a livello fisico... non ne avrà risentito il fegato? Non ne ho idea e preferisco non pensarci troppo (che ho già me a cui pensare), ma se proprio devo dire la mia, credo che quella povera donna abbia sopportato fin troppo. Onestamente mi auguro che non abbia osato alzare un dito su di lei, perché davvero altrimenti... altro che aiutarlo, rintraccio il suo indirizzo e lo vado a pestare di persona, non scherzo. Uscirei di casa per una cosa del genere, perché sarebbe un modo nobile di porre fine alla propria esistenza dato che non ho mai alzato le mani neanche su una zanzara figurati su un altro uomo... ad esclusione del mio periodo sadomaso.

Giorno 57 (21 Febbraio 2020)

Ok lo ammetto, non ti ho mandato quella storia solo per la stupida storia dell'alcool (di cui non me ne frega niente), ma te l'ho mandata per la sua conclusione.
Pensavo lo avessi già capito che ti ho mentito all'inizio.
Quando ci siamo conosciuti quasi due mesi fa, anche io mi sono imbattuto nel forum perché cercavo un modo per farla finita.

Che senso ha la mia vita, spiegamelo…

Certo adesso sta andando decisamente meglio grazie alle conoscenze online e ovviamente grazie a te Federico, ma prima avevo solo la mia depressione a farmi compagnia in ogni fottuto momento di ogni fottuto giorno. L'unica variante poteva essere data dall'uscita di un film o il capitolo di un manga nuovo... dei quali però non avrei parlato con nessuno, perché non avevo nessuno con cui discutere e condividerlo.

Ora per fortuna sento che sta andando decisamente meglio a livello di umore e non penso più a farla finita.
Puoi stare tranquillo.
Anche perché poi come faresti senza di me? Non solo per la compagnia eh, intendo proprio che senza di me faresti molto poco (dato che sei crittografato e accessibile solo tramite la mia e-mail e password). Probabilmente vivresti una decina d'anni, poi via! Frullato nel cestino virtuale.

Tornando seri... non mi sono suicidato subito per il semplice motivo che mi sembrava uno spreco. Non che la mia vita valga qualcosa, ma forse la mia morte poteva valere un qualcosina... magari per la scienza o robe così... e quindi mi sono messo a cercare le morti più eclatanti e le gesta migliori. Potrei donare la mia inutile vita per salvarne degli altri come donatore di organi (per questo ho evitato di saltare giù dalla finestra... da cui probabilmente mi salverei con la sfiga che ho) o bermi il detersivo (anche se ha un saporaccio eh, non so come faccia la gente che lo beve). Se no ci sono i classici metodi, però mi sembravano tutti troppo dolorosi e/o macchinosi.

Per concludere questo felicissimo discorso ti posso dire che non sparirò all'improvviso…

Pensa che ora sono donatore di organi a prescindere fanculo, non capisco perché non lo siano tutti…cosa te ne fai di tutta quella roba una volta morto?

Già a malapena so cosa farmene ora che sono vivo.

Giorno 58 (22 Febbraio 2020)

Ehilà Federico, alla fine ti ho tranquillizzato ieri?

Come vedi sono ancora qui in tutta la mia allegria e ben lungi dal separarmi da questa vita terrena che mi sta dando così tante gioie virtuali finalmente.

Ormai mi sento un cacciatore, riesco a conquistare ragazze una dietro l'altra finché... si beh, finché non mi chiedono di vederci e lì sono cazzi! Capiscono che sto mentendo e mi bloccano le stronze. Cosa super grave... credo che la voce si stia diffondendo, perché mi chiedono sempre più spesso di vedermi dal vivo e sempre dopo pochissimi messaggi...

No dai! Il mio regno è ben lungi dal terminare, mi inventerò qualcosa come scusa per tergiversare universalmente sulla richiesta di vedermi di persona. ...

Si hai ragione, quel dannato sito mette da dove si invia il messaggio e quindi non può funzionare ancora per molto... Mi inventerò qualcos'altro ovvio.

Non può finire così ora soprattutto dopo aver raggiunto tali livelli di maestria.

Potrei dire di avere quel fottuto virus, ma sarebbe di cattivo gusto e non ne ho assolutamente voglia...

Ah già, dovevo aggiornarti.

Per il momento niente di eclatante per fortuna. Speriamo si continui ad avere casi isolati, sono ottimista.

Giorno 63 (23 Febbraio 2020)

Okok sono qua, non ti preoccupare, sentivo le tue lamentele fin dal letto... non fare troppo il tragico che mi metti ansia, figa! Se vai in ansia tu poi vado in ansia anche io... e siamo fottuti. Certo che però potresti anche cercarti le notizie da solo invece che fartele raccontare da me... ma capisco che la mia interpretazione teatrale ispiri molta più voglia di avere a che fare con certe brutte cose. Ammetto tranquillamente che adoro dare brutte notizie e fare preoccupare la gente.
In questo caso però non è così facile da spiegare... non tanto perché sia qualcosa di complicato, ma perché davvero è *surreale* ciò che sta succedendo... faccio una fatica immensa a crederci. Mi sembra di stare in un fottuto videogioco dai! In pratica... attualmente stanno isolando alcune aree o addirittura interi paesi... già! Paesi interi del Nord definendoli "zona rossa"... roba da film o videogiochi come ti dicevo. Ripeto, non è questione che io creda o meno che ci sia un fottuto virus mortale in giro o che il governo stia agendo bene o male nel nostro interesse, ma non riesco a crederci che stia succedendo una cosa del genere così grave. Si arriva a parlare di "catastrofe mondiale" con conseguenze pari a quelle di una guerra mondiale, che fotterà l'intero sistema economico/sociale mondiale.
Mondialmente parlando si tratta di qualcosa che coinvolgerà tutto il mondo. Non so se ho reso l'idea!

Ogni volta che mi immaginavo un'ipotetica fine del mondo, la fantasia andava sempre sul fatto che potessero girare le scatole a qualche dittatore obeso dall'altra parte del mondo oppure un presidente troppo istintivo e guerrafondaio sui social che potesse smuovere le masse... invece pare sia bastato mangiarsi un pipistrello per creare tutto questo casino... non ho assolutamente idea del senso di tutto questo, si chiaro. Spero almeno che fosse buono date le conseguenze...
Mi sarò anche mangiato hamburger di zebra, canguro e altri strani animali (ormai si cucina di tutto), ma il sorcio volante (o zampettante) proprio non mi attira... ok. Se ci fosse sul Menù un pensierino ce lo farei. Magari invece che un virus mortale è uno di quelli che mi trasforma in un supereroe... Ho sentito che di solito funziona così coi

ragni radioattivi, ma non vedo né miliardi di dollari né clown psicopatici che mi chiedono perché sia così serio.

Giorno 60 (24 Febbraio 2020)

Non ci crederai, ma forse in mezzo a questa assurda situazione del virus, sono riuscito a trovare qualcosa di positivo per me. Giuro che non intendo una cosa macabra o di cattivo gusto... beh circa... ho trovato la scusa perfetta per non dover incontrare tutte le ragazze che me lo chiedono. Così ad instaurare un vero e proprio rapporto virtuale, senza la pressione di una conferma fisica! Cioè... come rispondi ad un uomo che ti dice che preferisce evitare di uscire fuori con la possibilità di un accoppiamento assicurato, perché si preoccupa per l'incolumità tua del mondo intero... e preferisce passare le serate a conoscerti meglio? L'uomo ideale! Esattamente! Almeno secondo i miei standard nel mio profilo da signorina, sia ben chiaro eh.

Ovviamente non tutte sono disposte a qualcosa del genere, lo so bene. Infatti ci sto andando piuttosto leggero mostrandomi anche triste per la cosa, ma sai com'è... non puoi stressare una persona che non vuole vederti per un motivo di questo calibro. Quindi invece del "vaffanculo" e conseguente blocco, si limitano a spegnere l'entusiasmo salutandomi in attesa di tempi migliori.

Se qualcuna proprio proprio non ci sta (perché è infoiata come un cinghiale maremmano) manderò come prove della mia effettiva esistenza sia foto penistiche che note vocali. Sai, comunque anche io ogni tanto ho dubbi sull'identità di alcune tipe con cui mi scrivo, forse mettono foto leggermente modificate con vari filtri o che giocano brutalmente sulla prospettiva. Evito di mostrarti degli esempi perché siamo al limite del ridicolo certe volte... ma vabbè. Chi sono io per giudicare?

Augurami buona fortuna va... e speriamo che questa situazione si stabilizzi in fretta. Ha già fatto fin troppi danni secondo me.

Giorno 61 (25 Febbraio 2020)

La scusa del virus funziona! Certo, non è che permette un avanzamento del rapporto, perché in ogni caso si tratta di un tergiversare a fin di pen (ehm) bene... senti! Sto scrivendo! Ovvio che suona molto meglio detta a voce una battuta del genere... beh si, ovvio! Parlo sempre mentre scrivo e spesso mi fermo perché rido da solo che vuoi, tu non ridi mai?

La questione ora è come mettere bene in chiaro che intendo avere una specie di relazione a distanza, relazione che si basa unicamente sulla chat del sito. Ho paura a dare il mio numero di telefono. Non sia mai che riescano a capire chi sono veramente tramite misteriosi sotterfugi dell'epoca dei super hackers che mi sono perso. Tu pensa che ci sono applicazioni che ti permettono di scoprire di tutto semplicemente dalla targa di un'auto! Figurati, col numero di telefono cosa si può fare... basterebbe vedere il nome dell'intestatario per essere fregato. Farmi un altro numero apposta, mi sembra leggermente una minchiata esagerata (più fatica che altro). Forse non ci tengo nemmeno io a trovare una soluzione al riguardo, perché voglio darmi un freno estremo, prima che qualcuno si faccia male. Spesso quel qualcuno sono io, per questo mi preoccupo, loro sono donne.
Ci mettono un attimo a trovarne un altro.

So che rileggendo potrebbe sembrare fin troppo egoistico, ma è perché io so come stanno le cose e qual è il punto di arrivo della situazione. Loro no e magari qualcuna in preda a tempeste ormonali ed emotive, potrebbe fare lo sbaglio di farsi i super viaggioni mentali su Valentino Legge, per poi rimanere delusa dal suo rifiuto nel dare il numero di telefono. Quindi patti chiari e sexchat lunga... no, è impossibile dire che non ho il telefono o cose del genere! Già non credono che Valentino non usi i social, figurati se gli dico che è l'unico ragazzo al mondo a non avere un telefono (o altre minchiate che glielo hanno rubato proprio oggi ecc.

La soluzione della vita per me è sempre quella di tergiversare e girarci attorno, mettendo in chiaro e in maniera non troppo diretta, che per vari motivi (che non portino a pensare che il nostro amico è sposato o peggio un trentenne che passa le nottate a parlare con un amico immaginario) preferisce evitare un contatto del genere, rimanendo quindi nella pura virtualità della cosa. Per ora utilizzo la scusa della paura del contagio, non è molto, ma è un lavoro onesto....

Si, è vero sto cambiando, sto diventando più empatico. Nonostante rimanga comunque un bastardo... in fondo.

Puoi quindi definirmi "empatetico".

Giorno 62 (26 Febbraio 2020)

Giuro che prima o poi scrivo a quelli che decidono quali parole esistono che figa, certe volte ho delle parole geniali che potrebbero cambiare il mondo in meglio... ad esempio? Al posto di perdere le ore a dire "Miiiii faaaaiiiii uuuunnnn eeeeesssseeeeemmmmpioooooo?" introdurrei il verbo "Esempiare"... Serio. Non ci arrivi? Ti sto "esempiando" cioè "facendo un esempio". Vedi che differenza assurda?! Saremmo già alle macchine volanti, se solo il mondo sapesse della mia esistenza...

Tanto per esempiarti, è come il Sardo che è una lingua e l'italiano invece è un dialetto, come dicevano i nove antichi saggi... no, non te li elenco, altrimenti ti rovino la sorpresa, ma cerca in giro e ti si aprirà un mondo!

Ti va se apro una parentesi sul mio passato?

Sono abbastanza di buon umore e credo ormai che io e te abbiamo raggiunto il punto di non ritorno, se sei arrivato a sopportarmi fin qui... in effetti ti sto scrivendo proprio per questo. Hai ragione! Credo che siano le parti che più ti interessano (rispetto alle fantastiche conquiste quotidiane, che ormai vertono nella più totale monotonia) e ti vorrei anche proporre una riflessione al riguardo (così da mettere le mani avanti su ciò che ho vissuto e in qualche modo giustificare sia i miei errori che le mie mancanze... che so non essere state poche... ma ehi! Questa è la prima volta che vivo. Abbi pazienza! La prossima volta farò meglio.

Come ti avevo già raccontato,sono sempre stato un tipo solitario, non perché fossi brutto o fisicamente non prestante (paragonandomi con gli altri bambini e poi ragazzi della mia età), ma perché più andavo avanti con gli anni, col tempo e con il progresso tecnologico e più mi rendevo conto che la banalità umana non mi attirava più (eccezion fatta per la figa, lei attira sempre e io vengo sempre malamente rifiutato... non che ci provassi veramente, te l'ho già scritto... era solo per dare un minimo di riepilogo, nel caso non te lo ricordassi, non tutti mi leggono tutto d'un fiato sai?)

Il fulcro della questione è la banalità a cui è rilegato il genere umano e credo che sia la base da cui sono nate le religioni. Cioè, parliamoci chiaro, se tu venissi oggi parlandomi di uno che moltiplica il sushi (con quello che costa) anche io mi unirei alla sua fottuta religione! Dai, chi non lo farebbe?

Ovviamente sto solo esempiando (vedi? Se avessi scritto "facendo un esempio" avremmo perso delle ore) e a mio parere calza a pennello.

Ho cominciato coi libri da bambino, per poi buttarmi nell'immensità del mondo videoludico da cui ho ottenuto esperienze e soddisfazioni che perdurano tuttora (dopo più di dieci anni di distanza in certi casi, ma prima o poi diventerò re dei pirati dai...), il tutto perché non solo avevo possibilità infinite a livello di personalizzazione del mio avatar (con abilità che permettevano qualcosa di ovviamente sovrumano), ma anche per la fantastica introduzione, sempre più potente e aggiornata, dell'intelligenza artificiale. Questa sopperiva alla mancanza di amici con cui poter giocare, rimpiazzandoli con scimmie armate o con balestre infuocate, che preferivo di gran lunga a qualunque altro essere bipede che incontravo durante la giornata. Si lo confermo: ancora oggi più soddisfazioni nello sparare ad un omino di pan di zenzero o ad un uomo anatra, piuttosto che correre al parco per acchiappare un altro bambino... oggi specialmente mica mi metto a correre dietro ai bambini ti pare.

Come se non bastasse, poi c'erano anche i giochi con le scelte multiple, che ti permettevano di creare il tuo percorso personalizzato basando tutto sul karma, che aveva un'incidenza non male sullo sviluppo della trama. Mi sono ritrovato a vivere di quelle emozioni che mi hanno cambiato per sempre. Non sto scherzando. Emozioni che nessun essere umano può e potrà vivere (al netto di invasione aliena). Mi sono ritrovato nella situazione di avere tra le mani il potere di scegliere tra giusto e sbagliato, con la possibilità di fulminare brutalmente chi si parasse sul mio percorso, combattendo per la donna che amavo e...

Non voglio farti spoiler che magari ti vuoi recuperare il gioco, ne hanno fatto anche un seguito (anche questo un capolavoro) e anche un terzo (ma quello è veramente una cagata...). Tutto questo per dirti non come sono, ma come ero. Ora come ora credo di aver sbagliato a mettere tutte le mie forze e i miei pensieri su cose virtuali, avrei forse dovuto provare un minimo di socializzazione e forse ora non mi ritroverei in questa situazione.

Il passato però non si può cambiare, non c'è un tasto di reset e non posso morire per cercare di rifare meglio grazie all'esperienza... anche perché a quanto ho capito in caso di reincarnazione diventerei tipo un verme solitario... ahah nessuna differenza burlone, ma diamoci una mossa che ci si continua a scatenare sul futuro!

Si lo so che alla fine non ho aggiunto niente di nuovo, ma ehi, devo pur trovare il mondo di allungare e scriverti ogni giorno altrimenti... troppo corto, non sei credibile.

Giorno 63 (27 Febbraio 2020)

Caro il mio Federico, oggi devi proprio riconoscere che mi sono superato nell'incredibile arte del rimorchio online, dato che sono addirittura sbarcato in America!
Non fisicamente, cioè non mi sono mica messo a scrivere alle tipe americane (sono già troppe impegnative le tipe di Milano da gestire ormai).
Molto semplicemente ho trovato tra i nuovi iscritti una ragazza molto carina, che è venuta qui in Italia per studiare moda e sono riuscito a rimorchiarla con le mie fantastiche doti linguistiche!
Ti mando la chat e tutto il resto come al solito, con la traduzione in stile commento, perché pare che qualcosa sia andato storto... eh stava andando tutto bene con il mio inglese infallibile, ma ad un certo punto mi ha sgamato e dopo aver tradotto su Internet, sono arrivato a capire il motivo... eh, sono furbe queste americane.

[Rachel, 23 anni, Milano]

"Hi, I'm an american fashion's student, I'm from Los Angeles and I've been living in Milan since January, I am looking for friends to go out and get to know the city! ;)"

#cat #LA #fashion #coffe #friends

CHAT

Tu: Hi, how are you?
(qui semplicemente l'ho salutata e chiesto come stesse)

Rachel: Hei, fine thnx and u?
(qui mi dice che va tutto bene, usando meno lettere possibili pare)

Tu: Yes good good and you are from Los Angeles yes?
(forse qui avrei dovuto accorgermi che la mia traduzione letterale non è esattamente il top)

Rachel: Sure, that's my place where I came from
(qui mi dice che è il posto da cui viene)

113

Tu: Uh I love it, my family is american
(qui le dico che lo amo e che la mia famiglia è americana... per non
so quale motivo)

Rachel: Wow that's awesome
(qui si stupisce e dice che è fantastico)

Tu: And you are here for study design? I love design
(qui le chiedo se è qui per studiare design, aggiungendo che lo
adoro)

Rachel: No, I'm attending fashion management in university
(giustamente mi risponde di no, che non so dove minchia lo abbia
preso design, se c'è scritto chiaramente fashion nella bio)

Tu: Ah yes i hate design
(corro ai ripari dicendo che odio il design)

Rachel: Why do you hate design?
(mi chiede perché odio il design)

Tu: I study design to Los Angeles year ago and very bad
(mi invento che ho studiato design a Los Angeles e non ho
assolutamente idea del perché)

Rachel: Where do you live in LA?
(mi chiede dove ho vissuto a LA... che non avevo capito cosa volesse
dire)

Tu: Nono sorry i live to LOS ANGELES
(e io scemo le dico che vivo a Los Angeles che abbreviato sarebbe
appunto LA)

Rachel: I'm really happy ti know a very american like me
(visualizza e non mi risponde, cerco di avvicinarmi a lei dicendole che
sono felice di incontrare un vero americano come me)

Tu: :*

(questo è un bacino non vedi?)

Rachel: Mmmm... interesting. What's up man?
(qui è dubbiosa e scatta l'equivoco, dato che mi ha semplicemente chiesto se era tutto a posto)

Tu: No sorry i prefer to rest on this site for the moment actually, i dont know you so much for give you my numer, will see after :*
(credendo che volesse sentirmi fuori dal sito vado nel panico e le rispondo con un inglese da paura, che preferisco rimanere sul sito al momento. non la conosco ancora per darle il mio numero e che vedremo dopo)

Rachel ti ha bloccato

E poi... per qualche motivo a me sconosciuto, mi ha bloccato... si, ovvio che lo so il motivo per il quale mi ha bloccato. Sono andato completamente nel panico dato che era la mia prima straniera e mi sono reso conto che le mie conoscenze della lingua inglese sono rimaste legate ai tecnicismi vari del mio lavoro o modi di dire.
La prossima volta che mi capita un'altra così... farò affidamento al traduttore online e fine. No, se no mi sgama subito, vero. La prossima volta prenderò delle frasi da canzoni.
Non lo so, qualcosa mi inventerò.

Adesso ti lascio che "Tonight I'm gonna have myself a real good time" che ho ritrovato un porno della mia adolescenza.

Giorno 64 (28 Febbraio 2020)

Oh beh! Pare che la storia del virus sia solo una bufala dei democratici. Questa cosa indubbiamente mi solleva e aumenta la mia fiducia nel tanto conclamato genere umano di cui tutti parlano...

MA COME FIGA SI RIESCE A TIRARE FUORI COSE DEL GENERE.

Ok. Comincio a nutrire il sospetto che i giornali stiano leggermente esagerando col descrivere la situazione. Come se fossimo presi d'assalto da un virus che uccide con lo sguardo... però metterne in dubbio addirittura l'esistenza mi sembra esagerato! Per me si tratta della solita influenza del caso. Fa decisamente molto male ed è assolutamente meglio non prendere. Anche perché a quanto leggo colpisce principalmente gli anziani sopra gli 80 anni e loro... onestamente, è già un miracolo che siano vivi... non sono un bastardo! Semplicemente credo che vadano tutelati loro, isolandoli in ogni modo possibile, invece che seminare il terrore tra tutti. Lui si rischia di peggiorare no? Anche se continuo a pensare che questa storia del virus sia la scusa definitiva quando si tratta di rifiutare un'uscita con l'ennesima conquista online.

Quindi mi raccomando, rimanete tutte a casa donzelle, ora siete in mio potere.

Giorno 65 (29 Febbraio 2020)

Oggi la giornata pare essere più tranquilla.
Ti dirò che quasi quasi non mi diverto più con le solite conquiste. Gira
e rigira sono sempre le stesse che riesco a raggiungere. Un certo
livello di donne mi sono negate da chissà quali antiche leggi
ancestrali. Quelle super serie diciamo, ma che sono su questi siti di
incontri perché vogliono veramente incontrare qualcuno di speciale.

Preferisco evitare quel genere di donna per rispetto loro. Non mi va di
illuderle sai com'è... si ok. Non mi si filano minimamente, perché
capiscono subito che sono falso e non ho intenzioni serie. Però
anche loro se continuano a fare così le chiuse, come sperano di
trovare il loro principe azzurro? Cioè per antonomasia dovranno pur
farsi qualche rospo no?

Ora che ci penso. Metti caso che una di queste fantomatiche
principesse (dai dubbi lineamenti) riesca veramente a trovare
qualcuno di interessante e concretizzare l'accoppiamento con
conseguente sfornamento di hobbit... poi come lo raccontano ai figli
e alla famiglia?

"Dove vi siete conosciuti?"
"Su di un sito per zozzerie"

Che cosa romantica Federico...
Davvero una storia da raccontare al cenone di Natale! Anche se
ormai credo che quella della conoscenza in rete sia una strada
d'obbligo dal 2000 in poi. Se non hai qualche persona conosciuta in
rete nella tua cerchia non sei nessuno, come l'amico di penna una
volta hai presente?
Ti giuro io non l'ho mai avuto, ma sarei stato felicissimo di avere un
ragazzo che mi scrive ogni tre mesi della sua strana vita! Almeno mi
avrebbe abituato a non andare nel panico se una tipa non mi
risponde entro due minuti. Solo che dietro la penna si poteva
nascondere un trentenne che passa le sue giornate a scrivere a sè
stesso e masturbarsi, mentre ora in chat... ehi! Non sono mica
cambiati così tanto i tempi, che bello mantenere le tradizioni!

Giorno 66 (1 Marzo 2020)

Ho l'abitudine... si, ok. Buongiorno Federico, lo so che è buona abitudine salutare, ma capisci che per me leggerlo ogni volta, potrebbe anche risultare un pochino noioso, no?
Tanto fa testo e sembra che abbia scritto di più, quindi vedrò di farlo più spesso.

Ricominciamo.

Ciao Federico caro come stai? Tutto bene? Fregacazzi. Tornando a noi, ti stavo dicendo che ho l'abitudine di stamparmi da solo (ogni mese) una pagina di calendario... No, non donnine nude. Non ho mai esposto una zozzeria del genere, non sono quel genere di pervertito pur potendolo fare visto che vivo da solo... almeno fino ad oggi. Magari un domani ci faccio un pensierino su come riarredare la casa, dato che non prevedo ospiti nel breve, lungo o lunghissimo periodo... ok, non ho messo roba del genere perché non è che posso vivere la mia penosa vita in costante erezione, la situazione è già fin troppo dura così... Se non ti interessa sapere di certe cose basta dirlo eh, volevo solo condividere con te un qualcosa di mio personale. Mi rendo conto che non parlo mai di me e tu starai morendo dalla curiosità di sapere tutto della mia vita (essendo il mio fantastico diario pronto alla pubblicazione in caso di mia prematura morte... uh che figata!) Immagina se qualcuno un giorno leggesse queste frasi oltre a noi due, avrebbe i brividi lungo la schiena al pensiero... stile film horror! Dici che pagherebbero per leggere una cosa del genere? Dubito anche io... nel caso se ne pentirebbero a metà febbraio, quando ho cominciato ad essere fin troppo malinconico e scrivendo in modo prolisso (qualunque cosa voglia dire).
Prometto che d'ora in poi cercherò di essere più leggero e con più battutacce e riferimenti sessuali espliciti.

Quindi futuro lettore piccolo spoiler:

ALLA FINE MUOIO.

Giorno 67 (2 Marzo 2020)

La mia cerchia di amicizie sul forum è aumentata di brutto ultimamente: Mi rendo conto solo ora che è tantissimo che non ti aggiorno al riguardo, ma di che minchia parliamo ogni giorno?
Ti dico solo che siamo arrivati ad essere più di 10 nel nostro gruppo di uomini virili, che passano il loro tempo a parlare di birra e politica... si ok, videogiochi e serie tv, ma che cazzo vuoi, non è più come vent'anni fa, quando quelli come me venivano bullizzati a vista, ormai siamo la nuova moda e ci facciamo tutte le donne che vogliamo... BAZINGA!)

Senza stare ad esagerare (e riprendere vecchi discorsi) il mondo è decisamente diverso rispetto a quello della mia adolescenza. E' molto più aperto a certe cose e le reputa quasi fighe, come il calcio... no, ok. Non siamo a quei livelli, ma spero che vengano raggiunti prima o poi. Così magari potrò finalmente ritagliarmi un posto nell'olimpo dei fighi... o almeno ritagliarmi un posto.

Sono decisamente nato nel momento sbagliato, andrò a consegnare una pizza a T.O. Fregato, che magari mi risveglio nel futuro tra mille anni e risolvo il problema. Ho sempre voluto un robot come amico, fin da quando ero bambino... aaaaawww!
Si Federico, sei tu il mio amico robotico ora <3.

Giorno 68 (3 Marzo 2020)

Se c'è una cosa che sto odiando come non mai è il politicamente corretto.

Non si può scherzare su niente e tutti si sentono attaccati quando qualcuno fa una battuta uscita male. Questi resta preda del terrore della gogna sociale virtuale che lo attende, a prescindere dal risultato effettivamente esilarante della battuta in sè... wow che frase che ho scritto! Tanta roba!!!

Il concetto base è che non puoi più dire una minchia perché qualcuno si offende al pensiero che qualcun'altro possa offendersi (il che offende me quindi... si, è come il cerchio della vita in effetti).

Tornando seri... la cosa mi ha fatto innervosire perché alcuni vecchi film o serie tv (ti parlo di circa dieci anni fa eh) sono stati censurati o addirittura eliminati, perché contenevano anche la sola minima traccia di qualcosa che ora risulta essere un insulto:

Che poi a me non dà fastidio se in America dicono che gli italiani gesticolano mentre parlano, anche perché è vero... credo. Non lo so. Davvero è tanto che non vedo altri umani, non so se hanno ancora le braccia.

In mezzo a tutto questo però ne sta venendo fuori che le attrici donne... si non capisco nemmeno io perché si scriva così specificando che non sono attrici uomini... beh prendono meno soldi per la stessa quantità di lavoro rispetto ad un uomo. Pare essere una cosa piuttosto comune... MA SIAMO SERI?

Cioè come cavolo viene in mente una discriminazione così basilare nel momento in cui paghi una persona?

Io veramente non ho parole su quanto la stupidità umana possa superare i limiti nel suo assurdo e patetico maschilismo, tutti uguali e via no?

Viva l'amore sempre, che tutti si accoppino con tutti, sicuramente ci sarebbero molte meno guerre... ne sono certo: l'ho visto in un film in cui c'era una salsiccia (che però era un wurstel) che faceva sesso con una piadina strana e una ciambella ebrea... non sto insultando testa di cazzo! Non ti ci mettere anche tu, ebrea perché lo era nel film, mica perché... ma perché perdo tempo a giustificarmi con te?

Deviamo dalla piega che ha preso il discorso e facciamo una piccola riflessione su di me. Non so che mi stia succedendo in questi giorni, ma da quando mi importa così tanto degli altri? Sarà perché finalmente anche loro si interessano a me (pur interessandosi a versioni false di me? Tranne sul forum, lì mi vogliono veramente bene tutti per quello che sono o che dico di essere... approfondiremo più avanti questo dettaglio ora non lamentarti).

In ogni caso viva l'uguaglianza tra generi, sempre! Specialmente al ristorante quando tu ordini un'insalata e lei si scofana l'intera barriera corallina con tanto di ostriche e champagne.

Giorno 69 (4 Marzo 2020)

Uuuuh 69... applausi per la mia incredibile maturità mentale... giuro che ora torno serio.

PORCA TROIA! PORCA DI QUELLA TROIA!

Il governo ha chiuso ogni attività che rischi di far aumentare troppo i contagi, principalmente scuole, cinema e qualunque genere di fiera. La situazione sta diventando sempre più seria.... ok, a me non cambia niente, ma posso essere preoccupato almeno un minimo?! Non è per questioni lavorative o altro, cioè il mondo può anche bruciare siamo d'accordo, ma poi chi mi gira i film o disegna i miei manga? Loro a me ci pensano... beh non direttamente nello specifico, ma credo che anche fare compagnia a qualcuno mentre realizzi una tua opera sia tra i tuoi pensieri... altrimenti perché metterebbero tutta quella roba sul non abbandonare mai i propri amici, pensare al prossimo e mangiare persone (...che diventano giganti, che però mangiano a loro volte le persone... sto leggendo roba particolare ultimamente, ma ti assicuro che è una bomba!)

Tralasciando il fatto di cronaca, ti annuncio nuovi fantastici sviluppi sul Forum: è passato da circa trecento membri (eheh... membri) a quasi cinquecento! Io ormai faccio parte dello "Staff di benvenuto", cioè quello che prima di tutti vede il tuo messaggio appena ti iscrivi, per verificare che non sia un trollone che vuole scherzare sui problemi altrui... si, c'è gente che crea profili falsi come passatempo, che falliti.

Ti mostro un nuovo simpatico amico, dalla presentazione promette decisamente bene.

AntonioStellak

Uomo, 27 anni, Torino

<Ciao a tutti.

Ho trovato questo forum cercando un modo per consolarmi... un modo per capire come uscire rapidamente da questo peso assurdo che mi schiaccia il cuore... molto brevemente si parla sempre della solita storia d'amore finita male che alla fine è sempre colpa di tutti e tre.
Solo che per me non era semplicemente una storia, per me era LA storia... la storia in cui avevo investito non solo ogni secondo della mia vita da quando l'ho conosciuta, ma che ho cambiato ogni cosa unicamente per stare con lei che da quando l'ho vista ha preso il posto dei miei sogni in un battito di ciglia.
Era molto più di quanto io sperassi e che pensassi di meritare e l'ho persa... o almeno credo che tutta la pressione che c'è stata di recente (lei ha quattro anni in meno di me) con l'acquisto di una casa e l'inizio di una nuova attività insieme (per cui ho cambiato corso di studi appositamente) l'abbia fatta sentire in trappola e mi abbia tradito così da riuscire a scappare dalla situazione in modo deciso. Non so cosa pensare, vorrei solo poter fare qualunque cosa senza soffrire, vi prego, aiutatemi.>

Wow, veramente wow, ragazzo mio! Ha fatto la cosa giusta secondo me chiedendo aiuto! Io sono solo come un cane, quindi non rischio di finire nella sua situazione, ma semmai dovesse succedermi indubbiamente la prima cosa che farei sarebbe appunto chiedere aiuto. La mia psiche non è più in grado di rimanere da sola normalmente, figurati te se mi dovesse succedere un trauma del genere... si, lo so che tu mi sosterresti bello mio, ma vai tranquillo che per il momento non c'è rischio. Forse.

Dopo aver letto la sua storia gli ho ovviamente dato il più caloroso e cordiale dei benvenuti, ma per il momento non pare voglia aprirsi più di tanto e credo sia comprensibile data la sua situazione.
L'importante è che almeno scriva ogni tanto nel forum per farci vedere che è vivo, poi se non gli va di darci il numero per organizzare qualche chiamata o robe del genere... lo comprendo. A me ha aiutato molto come cosa, per cui proverò ad insistere domani... Sono proprio il più tenero tra gli amministratori del forum... siii! Mi hanno fatto amministratore di un forum senza scopo di lucro.
Yeee la scalata del potere è ormai conclusa!

Giorno 70 (5 Marzo 2020)

Il discorso è molto ma molto semplice, caro Federico... no, non è così tanto semplice a quanto pare!
Vorrei capire perché uno coi miei gusti (intesi a livello di interessi) debba per forza essere etichettato come qualcuno da evitare a priori, quindi è ovvio che rimanga ancor più solo e agli occhi di tutti più patetico!

La mia solitudine non è stata solamente ricercata, ma dovuta dalle circostanze dell'ambiente in cui sono dovuto crescere!

Un modo per sopravvivere a questo mondo fatto di socialità, dove il posto per persone non belle d'aspetto o semplicemente timide, pare essere soltanto rilegarsi nella solitudine... in attesa dell'occasione per sbocciare e farsi notare, per urlare a tutti quanti quelli che ti hanno da sempre ignorato. CI SONO ANCH'IO!

Io non solo non ho mai avuto quest'occasione, ma non l'ho neanche mai cercata, non piacevo alle persone? Ben venga! Neanche loro piacevano a me! Ringrazio di essere nato nel periodo in cui tutto si sta informatizzando, così da poter condurre la vita inesistente nella quale sono stato costretto a vivere e da cui non voglio neanche uscire veramente!

Perché ci sto provando proprio ora emergere? Perché nonostante sia un essere razionale e consapevole dei miei desideri ho avuto un assaggio di vita vera!

... esattamente, io ho vissuto... ho avuto il mio momento di gloria sociale... si, ma è stato appunto un momento.

Il proverbio "è meglio aver amato e perso che non aver amato mai" è la più grande cazzata consolatoria che sia mai stata scritta, dopo la valanga di religioni che dominano il mondo indiscriminatamente.
Il tutto con il solo scopo di dare un ordine, imponendo la tranquillità dell'ignoranza, piuttosto che darci in pasto la cruda verità che siamo soli!

Siamo nati soli e moriremo soli!

Se dovessi morire qui nel mio trilocale chi se ne accorgerebbe?
Forse la portinaia si farebbe qualche domanda per l'assenza di
pacchi e pasti a domicilio.
Per il resto nessuno verrebbe ad organizzare il mio funerale o a
piangermi. Finirei direttamente dimenticato, esattamente come sono
già adesso, con l'unica differenza che sono ancora in tempo per
cambiare le cose e cercare di darmi una degna fine almeno quando
questa giungerà o la farò giungere!

Non è in questa solitudine che voglio finire i miei giorni.
A qualcuno là fuori... dovrà pur importare di me... no?

Per il resto tutto bene grazie.
Quel cazzo di virus non mi ha ancora preso, a domani.

Giorno 71 (6 Marzo 2020)

Non sono misogino, non odio le donne, anzi!
Odio proprio il genere umano in maniera del tutto indiscriminata, quindi sono molto meglio di quelli che odiano una tipologia sola, no?
Evito le persone a prescindere, quindi nessuno se ne accorge e nessuno soffre giusto?
Ripeto ancora che se tutti ci facessimo i cazzi nostri, invece che odiare gli altri senza validi motivi, il mondo sarebbe un posto migliore.

Dai, lo sai che sono ironico… più o meno...
Il fatto è che con le donne non ho mai avuto veramente fortuna (fino a questo particolare momento storico, in cui mi sono rivelato il più grande rimorchiatore virtuale della storia) eeeh... lo so che è difficile da credere, ma ci sarà un motivo per cui vivo da solo… cioè un altro motivo oltre a quelli che hai già dedotto intendo.

Finalmente, caro il mio unico spettatore che si prende la briga di farmi compagnia. Avrai la mia fantastica storia, che ha segnato sia la vetta di felicità della mia vita, sia l'abisso più basso... da cui poi ho scavato sempre più giù. Essere depressi è un'arte e io sono il Leonardo Da Vinci dell'autocommiserazione da tutti i punti di vista. Io la depressione non solo me la invento in base alla necessità, ma la dipingo pure su questa tela virtuale che sei tu caro amico mio.

Quindi "tamburino i rulli" e preparati ad un bel mappazzone di testo sulla mia vita, che sarà una delle poche parti memorabili (che se fossi una persona vera ti resterebbe in mente giusto per qualche mese, per poi finire in un cassetto dimenticato del subconscio, dove finiscono tutti i meme trovati sui social e che ti ricordi di aver visto solo quando te li ritrovi davanti).
Mal che vada quando hai finito di leggermi prova a ricominciare daccapo. Ti farà tutto un'altro effetto fidati e ti sembrerà anche di aver risparmiato tipo due al prezzo di uno.

Ecco a te la vita che scelsi:

Era il giorno del mio ultimo esame della prima sessione in cui ero andato alla grandissima e mio padre era orgoglioso di me come non lo era mai stato. Questo perché i motivi che causano orgoglio per lui non erano molti. Era tutto fissato sul fatto che dovessi farmi una vita sociale, sai com'è...

Vabbè, scusami se continuo a divagare, il fatto è che fu il giorno in cui, per la prima volta, qualcuno mi rivolse la parola in maniera del tutto volontaria! Non era costretta da una convenzione sociale o lavorativa, quella persona... quella ragazza... Monica... lei scelse di parlare con me... la stupenda e irraggiungibile Monica.

Giorno 72 (7 Marzo 2020)

Ti chiedo scusa se ti ho fatto eccitare con la promessa di un bel testo lungo pieno di sentimento e riferimenti sessuali, ma ti ripeto Federico che non riesco a scrivere troppo e tutto insieme. Mi manca l'ispirazione poi e scrivo male, tu vuoi che scriva male?
Ti sarai già chiesto più volte perché perdi tempo a leggermi, non voglio darti anche altre motivazioni. Perciò andrò più lentamente e con tante pause telefono che sono in guerra col clan e devo controllare il tablet.

Per me questa storia è un assurdo coacervo di emozioni... Si esatto, ho scritto coacervo, l'avevo letta nel mio videogioco preferito che era il nome di un personaggio simile ad un alce zombi... invece pare voglia dire... cercatelo su Internet che almeno fai qualcosa muahahah.

Tu avresti forse detto a Michelangelo di fare in fretta mentre dipingeva la Cappella Sistina? Ogni artista ha i suoi tempi e visto che "fare pena" è la mia arte, lasciamela fare bene e non rompere! Ora basta pause insensate, che era per sdrammatizzare e per rimandare a domani l'inevitabile... si.
Ormai l'ora è giunta, ecco a te.

Monica era la ragazza più bella e la più (passami il termine da serie tv scolastica) popolare dell'università. Era in stile cheerleader del college, nel quale io sarei stato il quarterback degli sfigati (tipo stereotipo americano con gli occhiali spessi, capelli ridicoli e polo a quadri).

Era davvero la più popolare e non solo del dipartimento di Informatica al quale eravamo iscritti entrambi. Lei era un anno più avanti rispetto a me, a causa di un anno sabbatico che mi ero preso per... che minchia avevo fatto quell'anno?
Forse lo avrò passato a tagliare capelli e godermi il boom delle zozzerie suoi social, ora non ricordo di preciso sono passati dieci anni tipo.

Le pochissime volte che mi recavo all'università per fare un esame o per le solite lunghissime faccende di segreteria, (che adesso neanche esistono più, dato che è tutto fortunatamente computerizzato e di conseguenza immediato) vedevo lei ogni volta. Sempre. In mezzo alla gente. Circondata da gente. Con gente. Con tutti. Che cazzo!
Era davvero incredibile come riuscissi a notarla in mezzo alla gente e in qualunque situazione.

Insomma piaceva alla gente e lei sembrava ricambiare tale affetto Inoltre veramente la più figa... anche perché sai... ad Informatica a quei tempi neanche potevi sperare più di tanto. Dopo di lei in classifica c'era solo l'anello mancante tra la scimmia e un comodino in mogano (ti assicuro che non sto esagerando, dopo se trovo una foto te la giro).

Per questo motivo, quando lei, la più bella ragazza del globo terracqueo che sia mai esistita, rivolse la parola a me, un personaggio totalmente inesistente (di quelli che sblocchi coi trucchi o neanche ti accorgi della sua esistenza, finché non lo scopri per caso guardando su Internet) che non riuscì a risponderle! Sembrava che tutti i miei vent'anni di parole accumulate sotto un nebbioso strato di patetici silenzi cercassero di uscire tutte insieme e non esattamente in un ordine preciso.

Di conseguenza ciò che ne uscì fu simile ad un rantolo che può emettere solo una rana quando viene stritolata, senza cattiveria, ma con forza. Strangolata da un bambino disagiato, convinto che sia il modo migliore per fargli sparare fuori la lingua e acchiappare le mosche.

Lei sorrise.

Lei rise.

LEI!

Fu come nei vecchi film, in cui il marinaio vede una ragazza in fondo alla sala e sussurra all'amico che quella sarà la sua futura moglie.

Peccato che... non solo non avessi amici. Eravamo pure soli, quindi non c'era dubbio che non si stesse rivolgendo a qualcun altro. ero completamente in trappola!

Si sedette accanto a me, Io ero seduto per terra di fronte all'aula in cui ero atteso a breve per fare l'esame orale di non ricordo cosa, stavo vivendo forse il momento più importante della mia vita e avevo i secondi contati.

Mi chiese se fosse quella l'aula dell'orale (nonostante fosse palesemente scritto in A4 lì fuori dalla porta), se avessi studiato... seppur fossi... io, "il secchione", dai! E se mi andasse di ripassare un attimo insieme... che lei si sentiva insicura.

Insicura? Lei?

Non che io lo fossi, non del tutto. Anzi! Ero del tutto sicuro che mi stesse per venire un infarto!
Eppure, per la prima volta nella mia vita, riuscii a parlare con una ragazza della mia età o comunque con un'età compresa dai... boh... zero fino ai quaranta praticamente.

So che la timidezza è una cosa molto diffusa, non credo di essere una persona particolarmente speciale o una cosa del genere, però nella mia vita non mi era mai capitata un'occasione simile!
L'occasione di uscire dal mio guscio, di trascinarmi fuori e scoprire quanto fantastico fosse quel banale mondo (privo di ippopotami-volanti arcobaleno e polli spaziali). Il tutto è dovuto al fatto che ormai le ragazze del mio paese avevano imparato ad evitarmi fin da piccole, per cui non c'era la possibilità che mi rivolgessero la parola più avanti.

Così fu, lei disse "kung" e "kung fu" sul mio debole cuore. Non fu un ripasso, fu un mio tenere una lezione personalizzata alle sue esigenze (di una persona che sembrava non sapesse neanche a che facoltà si fosse iscritta...). Come andò l'esame? Ovviamente male ad entrambi, lei perché era arrivata senza sapere niente e con il mio aiuto forse era riuscita addirittura a peggiorare, io invece non riuscii a dire neanche mezza parola. Continuavo a pensare a lei... che per assurdo mi aspettò fuori per ringraziarmi per aver provato a darle una mano. Era un'esame particolarmente importante ricordo, ma non ci diedi assolutamente troppo peso per aver fallito.i quell'esame super importante neanche ricordo l'argomento, ma il suo nome lo ricorderò per sempre.

Non so se te lo avevo già raccontato, ma oltre che con quelli della mia età, avevo problemi proprio con tutti. Non ero mai stato bravo con le interrogazioni, per cui mi aspettavo già di fallire, ma di certo non per quello splendido motivo sia chiaro... chi poteva immaginarselo?

Non solo! Quella sera tornai a casa e feci una cosa che non facevo col mio papà da anni... parlare.

Tutti salutano e si scambiano i convenevoli durante la giornata. Interagiscono anche con gente di cui magari neanche gliene frega niente, tantissimi arrivano a questi livelli anche con la propria famiglia. I più menefreghisti sono specialmente i figli adolescenti che, nel pieno della loro adolescenza e nella scoperta vita sociale, apprezzano di più la.compagnia degli amici che non della loro famiglia, pensando magari di essere originali. Purtroppo per loro è solo un bel pacchetto di stereotipi serviti a blocchi, in stile fabbrica ominidi con gli ormoni. Ovviamente il mio caso era diverso, non parlavo col mio papà seriamente da quando mi disse la verità sulla mamma. Una verità che non mi fece sentire in colpa nei suoi riguardi (come colpevole per la sua morte improvvisa), ma mi fece provare astio nei confronti dell'uomo che aveva scelto di proteggermi da quella verità fino a quel momento.

Una scelta che probabilmente ogni genitore avrebbe preso, ma che all'epoca non potevo accettare.
Mi isolai quindi dall'unico essere umano con cui avevo uno straccio di rapporto ed un minimo di dialogo.

Quella sera però, quando tornai a casa e lo trovai come al solito in sala davanti alla televisione... fu diverso.

Aprii la porta, lui come ogni sera abbassò il volume e si voltò verso di me lanciandomi come sempre quel gancio di speranza sociale e rimasuglio di famiglia che poteva offrirmi.

Quella sera lo afferrai, correndo verso di lui, abbracciandolo e piangendo.

Lui non fece domande, ma sentii la sua felicità e percepii il suo sorriso paterno che illuminava quel volto che da troppo tempo ne era ormai privo.

Ci sedemmo a parlare. Gli dissi dell'esame. Non gli importò. Gli dissi di Monica. Per lui fu come Natale.

Finalmente quell'unica e flebile luce (che ero della sua buia vita) iniziò a splendere come un'alba su Mercurio. Il che mi illuminò di orgoglio paterno, come non era mai successo prima.

Pensa ne sono ancora abbronzato…
Ho rovinato il momento lo so, ma figa dai... troppe emozioni tutte insieme, bisogna staccare ogni tanto.

Giorno 73 (8 Marzo 2020)

AUGURI FEDERICO!... è la festa delle donne sai quindi io facendoti gli auguri sto facendo un chiaro riferimento al fatto che tu sia femmina, nonostante col tuo nome con declinazione maschile è chiaro tu non lo sia... è vero, potevi esserlo, ma c'è già una Federica nella mia vita, ed è una di quelle due che battono sulla tastiera per scriverti queste fantastiche battute da quarta elementare.
Senza di lei non potrei proprio vivere, considera poi che ultimamente con tutte le conquiste virtuali che sto facendo, la povera Federica sta accumulando così tanti straordinari, che a breve si digievolverà in "Veronica, la mano supersonica"!

Tornando al discorso di ieri (che altrimenti rischio di entrare troppo nel privato), sai qual è la cosa più odiata dai ragazzi (ragazzi giovani intendo eh, soprattutto la fascia dell'adolescenza)? Capitano sempre le stesse domande del cazzo, che sembrano prodotte in massa e distribuite alle varie zie pettegole post colloquio. Se sono nella mia situazione sociale poi, queste favolose questioni sono quelle che più ti fanno impazzire.

"Ma gli amici?" "Dove vai il sabato sera?" "Ma la fidanzata?"

Cioè... ma la gente non si rende conto del bullismo psicologico che fa sui ragazzi?
A mio parere è così che nascono i serial killer.

NON POTETE CAZZO) DISTRUGGERE IN QUESTO MODO LENTO E SNERVANTE, LA PSICHE DEI VOSTRI GIOVANI, CON QUESTE DOMANDE DA ZIA ULTRAQUARANTENNE, CONDANNATA ALL'UNICA COMPAGNIA DEL FERRO DA STIRO. PENSATE PIUTTOSTO ALLA VOSTRA PATETICA VITA PRIVA DI RISULTATI, CHE VI PORTA A TORCHIARE IL PROSSIMO PER NUTRIRVI GRAZIE AD UN INDIRETTO BULLISMO.

Non è semplicemente un mio sfogo personale, sia ben chiaro.

Oggi è entrato un giovine ragazzo nel forum, che ha mandato la sua simpatica storia e... ah! Preferisci leggerla invece che fartela narrare da me?

Ok, fanculo. Risparmio tempo.

JideonWan

Uomo, 16 anni, Latina

<Ciao, scusatemi il disturbo ma leggendo tra vari risultati web ho trovato questo forum e volevo confrontarmi che voi.

Forse starò esagerando anche se non credo di essere un caso così particolare, ma sento una pressione addosso che mi sta uccidendo e stupidamente ho cercato di assecondarla.

Ho sedici anni e vivo a Latina con la mia famiglia che non mi ha mai fatto mancare niente per cui mi sento in colpa anche solo per questo di lamentarmi considerando che c'è gente che sta molto peggio, ma davvero ho raggiunto il limite di resistenza contro il nemico invisibile dello stress.

Forse qualcuno leggendo questa affermazione riderà, specialmente quelli più grandi di me, ma credo che ognuno abbia una differente sopportazione delle situazioni in base a come e dove è stato cresciuto.

Andando sul personale il mio stress nasce da un padre quasi perennemente assente a causa del suo lavoro e che vedo solo la sera a casa in cui è vietato accendere il televisore a tavola per "favorire il dialogo e la socialità"... peccato che io sia un disagiato obeso senza amici ed è l'unica cosa di cui gli importa... posso andare benissimo a scuola, posso costruire robot, posso scrivere libri posso fare qualunque cazzo di cosa ma noooo l'importante è che DEVE sapere e DEVE chiedere ogni santo giorno se ho gli amici e chi sono e come va bla bla bla.

Il punto più basso e causa scatenante del mio tentativo di... beh farla finita... beh è stato lo scorso Natale che sono saliti dei parenti dal sud per festeggiare tutti insieme, in particolare è venuta su la sorella di mio padre... una persona per cui nutro il più totale disprezzo per quanto non si faccia i cazzi suoi... so che non lavora e mi immagino la sua vita passata sul balcone di casa a guardare e ascoltare gli altri solo per raccontare a chissà chi i vari cazzi.

134

Non andrò nel dettaglio sulle domande che mi ha posto per tutta la sera della vigilia, ma dico solo che ad un certo punto mi sono alzato dicendo che non mi sentivo bene... così da chiudermi in camera e passare la notte a piangere con il sottofondo delle risate allegre a farmi compagnia.

Possibile che nessuno si sia accorto della situazione? Non hanno mai avuto la mia età loro? Non vedono che uno come me una ragazza non la può avere e che quindi chiedere come si chiami e di dove sia è davvero snervante?

Ho pensato di farla finita l'ultimo giorno in cui c'erano tutti, così da farli sentire in colpa e magari farli finire nei casini quei bastardi... ma non c'è l'ho fatta... forse perché sono un codardo, forse perché so che è stupido, forse perché ci può essere una scappatoia in questa vita.

Vi prego, aiutatemi. >

... già credo che questa sia una delle situazioni più preoccupanti che abbia mai letto, ma non perché è effettivamente accaduto qualcosa, ma proprio perché non è accaduto niente da parte della famiglia e questo povero disgraziato ha rischiato di mettere a repentaglio la sua vita per cosa? Perché una zia vecchia e grassa da salotto televisivo ha fatto la pettegola? Vale la pena morire per questo? Assolutamente no per cui gli abbiamo risposto tutti subito di aprirsi pure per aiutarlo a gestire questo stress ricordandogli che in questa vita nessuno è solo.

Un vero peccato per me averlo scoperto solo ora.

Giorno 74 (9 Marzo 2020)

Oddio, non mi ero mica accorto delle nuove misure e non intendo le mie misure fisiche prima che tu faccia qualche battuta idiota, ma a quelle adottate per arginare questa assurda ondata di questo assurdo virus... a cui ancora non riesco assurdamente a credere Cioè, fantascienza pura, assurdo!

Pare che ora tutta l'Italia sia in una specie di quarantena, che per qualche motivo si chiama "zona rossa"... che vuol dire? Di per sè non è molto intuitivo, ma hanno stilato una bella listina di regole. Da alcuni studi è venuto fuori che in teoria qui al Nord eravamo già in questa situazione merdosa da un po' di mesi e neanche ce ne siamo accorti!
Io non mi ero accorto dell'introduzione delle regole perché l'unica norma che mi tocca un minimo poteva essere quella del cibo. A domicilio però pare sia sempre concesso, nonostante questa nostra nuova condizione abbiamo guadagnato un nuovo e fantastico termine inglese (che fa tanto figo e stilato da chissà chi) denominato "lockdown", SHIS!

Quindi riassumendo nessuno può uscire di casa. A me non cambia una minchia che sono in zona rossa da una vita. Ovviamente speriamo che la situazione migliori in fretta. Mi sta venendo un'ansia addosso... cioè io non sono pronto ad una guerra contro gli zombie o più semplicemente a rimanere senza cibo...
Dovrei fare scorta nel mio personale bunker antiatomico come gli americani? Devo comprarmi delle armi o iniziare a coltivare piantine mediche verdi, rosse e gialle da mischiare all'occorrenza per sopravvivere?
Magari nel dubbio adotto un pastore tedesco... anche se qui lo spazio comincia a scarseggiare con tutte le action figure che sto comprando.

Torniamo però al discorso personale, va. Mi stavo prendendo bene e anche tu stavi cominciando ad affezionarti tanto tanto a me, non è vero? Finalmente intravedi un barlume di protagonista nella storia che stai leggendo caro mio, con tutte le sue fantastiche sfaccettature (spero non troppo stereotipato o troppo banale, dato che ormai si può dire che si è già visto di tutto tra libri e cinema).

Mio padre era forse la persona più amichevole che si potesse trovare fuori da una chiesa, con il vantaggio che non dovevi preoccuparti per le chiappe del chierichetto…
Si, lo ammetto, l'ho scritto sbagliato e mi ha aiutato il correttore automatico. Non l'avevo mai neanche pronunciato con la I dopo la H, quante cose inutili che sto imparando scrivendoti.

Al mio papà non era mai importato molto dello studio, il suo sogno era che mandassi avanti la tradizione di famiglia come parrucchiere. Ti giuro che ci provai, lavorando con lui come apprendista tutti i sabati sia quando andavo alle medie che negli anni di liceo e infine un anno intero quando mi presi una pausa da… ripeto che non ricordo esattamente cosa. Forse per capire quale fosse con sicurezza la mia strada… o più semplicemente perché non avevo voglia di vedere altre persone o buttarmi in un territorio troppo sconosciuto all'infuori del mio paesino d'origine, dove tutti erano già a conoscenza del fatto che fossi un fallito.

Per lui era chiaro che quella del parrucchiere non era la mia di strada. Non mi ha mai fatto frequentato la scuola per parrucchieri e non mi ha mai costretto, nonostante la tradizione. Non tanto per l'abilità (per fortuna la natura mi ha donato un bel paio di mani ferme), ma per il rapporto con il cliente, che come immaginerai era decisamente arduo…
Il parrucchiere ha un ruolo sociale ben più elevato di quanto si possa immaginare sai? Non ai livelli di una portinaia eh, perché non si sta parlando di potere, ma si parla come al solito di socialità.

Il parrucchiere è il luogo in cui ti rechi quasi ogni mese, non solo per farti sistemare il taglio di capelli, ma anche per chiacchierare con lui, raccontare gossip, zozzerie... molto spesso addirittura funge come ruolo di confessore nelle situazioni più drammatiche. Essendo il paese piccolo e mio padre l'unico parrucchiere, era in grado di appianare divergenze stile "romani contro cartaginesi", che dopo le guerre puniche hanno fatto pace solo nel 1985, poco rancorosi i ragazzi eh? Minchia quanta cultura che sprigiono quando infilo dentro le citazioni storiche, proprio un diario istruito stai diventando Federico mio.

Era chiaro che io non fossi per niente adatto ad un lavoro e soprattutto ad un ruolo sociale del genere e mio padre appunto lo sapeva benissimo. Per questo motivo i suoi tentativi non erano mai veri tentativi, ma più speranze recondite di avermi vicino e per aiutarmi ad avere un futuro sicuro per me... A lui importava solo la mia felicità, per cui cercava in ogni modo di portarmi verso il suo concetto di felicità e cioè il rapporto con le altre persone...
Non poteva capire che la mia fonte di felicità fosse tutta roba inanimata e priva d'animo (ripetizione lo so, ma come avrai notato mi ripeto molto spesso per chiarire il concetto o perché semplicemente mi distraggo e ripeto le stesse cose di continuo)
Non che potesse capire in qualche modo il mio mondo e non pretendevo neanche che ci arrivasse sia ben chiaro, ma speravo che in qualche modo si trovasse un qualche compromesso.

Voleva che trovassi il mio posto in questo caotico mondo, per questo motivo quando avanzai il pensiero di voler provare a buttarmi nel mondo dell'informatica (studiando a Milano) non cercò minimamente di ostacolarmi. Ovviamente rimase accesa la flebile speranza mai spenta di vedermi al suo fianco armato di forbici e rasoio, ma mi sostenne cercando di aiutarmi a comprendere quale fosse il percorso migliore da intraprendere. Tutto ciò però non lo rese mai veramente felice, orgoglioso forse, ma mai veramente felice ed entusiasta.

Sentirmi parlare di Monica, una ragazza, forse anche semplicemente il sentirmi parlare veramente come non avevo mai fatto (buttando fuori anni di silenzi e disagi, quasi come se fossi una persona vera), davanti ai suoi occhi, questo si che lo rese felice.

Ps: che cazzo sono i congiunti ora?
Sembra una roba da formula matematica. Tipo "ti va di sommarci così diventiamo congiunti?"
Dopo la provo per rimorchiare e vediamo se funziona.

Pss: cazzo ha funzionato, sono il migliore!

Giorno 75 (10 Marzo 2020)

Boh i congiunti paiono essere parenti e conviventi... almeno credo, ma tanto che mi importa? Non ho neanche mai corso il rischio di assembramento e non ho intenzione di farlo al netto di video riguardanti... beh si dai accoppiamenti assembrati o quello che è. Tutti i parenti che ho, vivono giù e non li vedo da tantissimo, loro evitano me ed io evito felicemente loro. Non hanno neanche il mio numero e sono ben restio dal darglielo... sono proprio il genere di persone che mi stanno sul cazzo... branco di pettegoli che si ricordano di te solo alle festività o per batter cassa.

Parlando sempre di zozzerie (che è in assoluto il nostro argomento preferito), torniamo al discorso che tanto ti sta tenendo sulle spine: perché non ti ho parlato prima in maniera più approfondita di Monica? Sono certo di aver fatto qualche accenno quasi fin dall'inizio, anche perché dai... in quale storia non c'entra sempre una donna con cui c'è stato un casino? Anche se non ho direttamente scritto il suo nome (in quanto mi dà ancora fastidio sia scriverlo che sentirlo dire da qualche parte, tipo impulso incazzoso di rigetto).

Dovrebbe essere alquanto palese che non ne parlo volentieri ed onestamente oggi non ne ho proprio voglia. Vuoi uno spoiler? Non è qui con me, quindi è ovvio che non è una bella storia da raccontare e sapendo già come va a finire non dovrebbe incuriosirti troppo a mio parere.

Anche vero che il più grande film mai girato, comincia con le immagini della nave affondata, che poi vediamo su e poi vediamo giù, accoppiamenti nel mezzo della trama (nello specifico su una macchina che è su una nave, quindi accoppiamento sul mezzo nel mezzo... non stiamo troppo a pensarci che mi esplode la testa per favore...). Proseguirò magari più avanti la storia di lei, non mi sento ancora così tanto pronto ad affrontare l'argomento, nonostante ne sia passato di tempo... dicono che per superare una rottura l'unica cosa che conti sia il tempo. Deve essere circa la metà del tempo che hai passato con questa persona in teoria o almeno così dicono i siti per signore (che tanto amo leggere per carpirne i vari segreti... non ho la sicurezza che mi serva a qualcosa per rimorchiare, ma di certo ora so perfettamente come fare la ceretta senza dolore!)

... Ora torno alla mia completa e rude virilità con una bella partita al mio gioco preferito per pc. Ho scoperto una comunità online che ci gioca ancora dopo vent'anni! Che inizi lo scontro tra minotauri e anubiti... tutta cultura! Già, pensa che sto imparando anche il greco... beh almeno credo... questi continuano a ripetere "prostagma", "bullomè" ecc... vorranno pur dire qualcosa... prossima volta che vado in Grecia provo a verificare.

Giorno 76 (11 Marzo 2020)

Ehilà, come andiamo oggi in piena pandemia? Il mondo sta letteralmente andando a puttane e con esso l'economia... La cosa mi preoccupa, perché nonostante il settore informatico non sia colpito direttamente è comunque un problema...
Come sta andando coi profili? Certo che parlare anche di attualità ogni tanto non ti farebbe male eh! Non credo che tu possa già sapere come andrà tipo tra un anno o robe del genere!

Comunque... coi profili va alla grandissima! Sisi certo, tutti e venti!... come?... venti? Beh, diciamo che una volta che hai capito come funziona il gioco, cerchi di giocare il più possibile, specialmente se il gioco è gratuito e ti risparmia l'ardua ricerca quotidiana del porno perfetto!
Lo sai che in media un uomo passa un sesto della sua vita a scorrere pagine di siti zozzi credendo che qualcosa lo possa appagare più di altro pur ottenendo lo stesso risultato? Ok, forse un sesto della vita è esagerato come media... diciamo che solo io che la alzo di brutto!
Non sai quante volte sono arrivato alla pagina finale delle varie zozzerie... con la scritta "sei arrivato alla fine" piuttosto che "sei da ricoverare".

Ora finalmente ho raggiunto il risultato più ambito da quando il primo uomo delle caverne ha tirato il primo colpo di clava sulla testa della prima donna!
Tette personalizzate per tutti i gusti! Io chiedo e loro eseguono, pure su diversi profili che mi sono creato ti giuro! Ho superato ogni limite! PLUS ULTRA!

Non sto facendo niente di male eh, diciamo che quelle che si sono iscritte cercando l'amore, forse in realtà intendevano un'altra cosa... si beh, ovvio nemmeno io sono diverso (nonostante forse abbia scritto l'opposto in alcuni dei miei fantastici profili... quasi tutti...) viva l'amore, sempre! Alla fine se ci pensi io do a tutte loro ciò che cercano: l'illusione dell'avveramento del loro stereotipato sogno, comodamente a casa e pagabile comodamente a rate in natura, capezzolo dopo capezzolo.

Il mio profilo di partenza è ormai finito nel dimenticatoio, parlo solo con Maria Trav e.... con una decina di ragazzi.... Si ragazzi, hai capito bene. Non solo perché ho finito le donne della Lombardia, ma perché ho voluto mettere alla prova l'algoritmo del sito... in che modo? Semplice! Con i profili femminili mi sono reso conto di una cosa: ricevevo migliaia di messaggi solo perché mettevo mezza foto sbiadita e, in cambio per questa popolarità (ricolma di degrado umano) avevo accesso ad un sacco di funzioni gratuite. In più il profilo appariva sempre in cima durante gli accoppiamenti casuali tra cui poter scegliere!

Qual era il fattore più importante all'interno di questa equazione vecchia quanto la regina?
Non la bellezza del soggetto della foto, non la bio con le descrizioni accattivanti ma... si aspetta che sto facendo suspense... IL TESTOSTERONE!
Noi maschi siamo decisamente più diretti in certe cose. Si, ok. Diamo il meglio di noi quando si parla di romanticismo ecc, ma se si tratta di puro accoppiamento siamo super efficienti!

Ho semplicemente cambiato l'orientamento sessuale da "etero" a "gay" per poter salire nelle classifiche dell'applicazione e indovina... HA FUNZIONATO! Nonostante una presentazione biografica penosa e la foto anche peggio, sono tra i profili più desiderati... e sai perché? Perché rispondo a tutti ovviamente! No, non alle proposte di accoppiamento, ma sto conoscendo una marea di ragazzi che hanno un'empatia che a confronto una suora missionaria sembra un frigorifero con un difetto di fabbricazione.
Loro mi ascoltano, mi capiscono... si certo, metà di loro lo fa per portarmi a letto probabilmente, ma non mi importa, qualcuno mi accetta veramente per ciò che sono, è questo che importa.

Prossimo gay pride giuro che partecipo. Sono convinto che se ci fossero più persone con la loro sensibilità (chiedendo ovviamente scusa per lo stereotipo), nel mondo ci sarebbero molti meno conflitti e sai perché? Perché si aprono e parlano, santo cielo!

Giorno 77 (12 Marzo 2020)

La situazione mi sta nuovamente sfuggendo di mano sai?
Ieri sera ho passato tutto il tempo a messaggiare con una ragazza che era troppo figa, per poi scoprire che era uno dei miei profili falsi femminili... si in pratica mi sono di nuovo "autorimorchiato", non male eh?
Ero talmente infoiato che rispondevo a destra e a manca, senza rendermi conto dei nomi, finché non ho inviato la foto della presunta ragazza al mio amico di solitari. Riconoscendo finalmente il profilo (data la sua natura più unica che rara in quanto patrimonio dell'umanità) sono andato nel panico! Ho pensato di parlare con un profilo falso, che usava le mie foto per rimorchiare. Cioè si sta ribaltando la situazione!

Poi per fortuna ci sono arrivato dopo essermi insultato (dandomi del falso coglione) meglio tardi che mai. Un conto è l'autoerotismo, ma l'autorimorchio lasciamolo per il trasporto di grossi carichi in giro per le strade.

Il dramma però risiede altrove... tutte le persone, che siano uomini, donne e animali che ho conquistato, alla fine puntano dritto all'unica cosa che non posso dargli, cioè vederli... certo che potrei vederli, ho sempre avuto una vista perfetta sai? Il problema è loro che non vedrebbero nessuno dei tanti bei profili che ho creato per... perché ho cominciato? Forse dovrei anche cominciare a rileggerti Federico, anche perché comincio a perdere contatto con quel poco di realtà che mi rimane.
Ma in fondo cosa importa cos'è reale, finché puoi continuare a sognare? La gente si crea di continuo l'illusione che vada tutto bene... quando invece non va bene un cazzo! Lo fanno solo per non dover affrontare le conseguenze di una realtà che si sono costruiti e quindi fingono. Fingono di stare bene solo perché hanno paura dell'ignoto e della vita che li attende.
Io non ho paura della vita, mai avuta, neanche di morire, solo che non mi interessa più di tanto vivere.

Quasi quasi mi viene da sperare che questa crisi del virus continui, così da mantenere tutti i vari rapporti, anche perché ad alcuni di loro

143

ci tengo veramente ora…

Lo giuro!

Ho quasi smesso di videogiocare la sera per sentire tutta quella marea di persone. L'unica difficoltà è ricordarsi chi sono (quando magari fanno delle domande personali) e soprattutto se sto usando un profilo femminile non devo per sbaglio rispondo al maschile. Il segreto è sempre dare la colpa all'autocorrettore e via si ricomincia a… a sentire delle persone che… beh che in qualche modo abbastanza nebuloso tengono a te veramente oltre la coltre di nubi virtuale e pandemica.

Giorno 78 (13 Marzo 2020)

Ho appena scoperto una nuova regola universale. Se hai i capelli da scemo e ti eleggono a qualche carica importante, tirerai fuori di quelle perle... che risuoneranno nei secoli.

"Il popolo dovrà rassegnarsi alla perdita dei loro cari nell'attesa dell'immunità di gregge"... MA COME FIGA FAI.

Io non sono di certo un essere umano di alto... medio... (vabbè neanche basso) livello sociale, però mi accorgo anche io che certe troiate sono ai limiti dell'assurdo e di certo non aiutano le persone a stare più tranquille!
Sto facendo progressi eh?!
Si dai, mi hai messo di buon umore!
Continuerò con la favolosa storia della vita che scelsi con lei (se ti va), prima che te ne dimentichi. Sono dovuto andare io stesso a rileggere dove fossi arrivato col racconto che lo avevo completamente rimosso... esattamente vedi? Vai riletto più volte e ogni volta è una nuova esperienza!
Ottima strategia di marketing per giustificare la tua cortezza, riprendiamo con la fantastica storia della zocc... carissima Monica parte 2.

Ciò che seguì da quel fantastico incontro casuale con Monica in università (dopo che l'avevo notata in giro ogni singolo giorno che passavo di là) fu in assoluto (senza neanche troppi rivali con cui fronteggiarmi in effetti), il miglior periodo della mia vita... si compresi tutti quelli che sono venuti dopo, senza dubbio.

Sai cosa vuol dire vivere ogni giorno come se il cielo fosse nuvoloso e pronto a piovere, per poi scorgere un raggio di sole lontano e all'improvviso tutto il grigio viene spazzato e via vedi tutte quelle cose che sono sempre state lì, ma che non avevi mai notato, perché non c'era abbastanza luce?
Uff. Prendo fiato.

Beh, forse un giorno le scoprirai anche tu caro il mio Federico "foglio digitale" amico, anche perché ho notato che hai la battitura vocale. Volendo si può dire che tu sia in grado di ascoltare e magari un giorno sarai anche in grado di amare, chissà.

La mia vita si stravolse completamente da cima a fondo, ogni minima cosa cambiò in meglio e niente fu più come prima. La notte non riuscii a dormire dall'emozione/erezione avuta per aver parlato con la ragazza non elfica più bella del mondo.
La mattina mi svegliai prestissimo in preda all'euforia di uscire di corsa (data dalla speranza di poterla rivedere), considerando poi che ogni volta che andavo all'università riuscivo a scorgerla anche in mezzo ad altre mille persone... la probabilità di vederla era sempre bella alta.

Però un fortissimo timore mi uccideva... la paura che potesse essere stato un semplice caso fortuito. Non ero così stupido da non pensarci un minimo, comunque la sensazione di infatuazione che stavo provando era molto più forte di qualunque sensazione avessi mai provato e non volevo assolutamente rischiare di perderla.
Per la prima volta nella mia vita sentivo tutti quei classici segnali fisici di cui avevo sempre letto... tipo le farfalle nello stomaco, con annesse rane che se ne nutrivano gracidando felici; le gambe deboli e le vampate di calore amplificate dalla mia timidezza al pensiero di rivederla.

Nonostante la mia incredibile voglia di vederla mi venne stranamente istintivo nascondermi fisicamente da qualche parte. Nonostante per tutta la mia vita non avessi mai avuto il bisogno di farlo, dato che ero sempre stato nascosto alla vista degli altri, ma non potevo rimandare all'infinito. L'inevitabile prova finale delle mie sensazioni si palesò quando arrivai all'università.

Mi sedetti normalmente, come fanno le persone e generalmente i mammiferi a quattro zampe... si anche gli uccelli ora che ci penso... in effetti forse solo i pesci e i delfini del cazzo non si siedono... odio i delfini perché figa la gente sta sempre a correggere che "non sono pesci bla bla come il ragno non è un insetto, i pomodori non sono verdure e le madri di chi mi corregge hanno visto i rispettivi padri una sola volta con conseguente scambio di denaro.

Con il mio senso da insetto (si, insetto, non rompere) percepii la sua presenza e la vidi arrivare da lontano sentendomi come svenire per l'emozione. Cosa avrei dovuto fare? Salutarla o allontanarmi tergiversando come avevo sempre fatto? Cosa fa di solito la gente che ti aspetta quando ti vede arrivare? Continua a fissarti come se fossi un hamburger appena fatto o agita la mano? Se agita la mano, come la agita? Figa aiuto! Niente nella mia vita fungeva da esperienza valida per affrontare quel drammatico e imbarazzante momento.

Per fortuna ci pensò lei per me salutandomi nel modo più inaspettato (sicuramente dopo che mi fui ripreso dall'infarto) e apprezzato che potessi sperare... con lungo un abbraccio.
Era forse la seconda volta nella vita che una persona mi toccava all'infuori di mio padre, di me stesso e in assoluto la prima in cui era una ragazza vera a farlo! (Il mio cartonato elfico in camera per me conta nella classifica).
Non riuscii però a ricambiare l'abbraccio, perché i muscoli erano rimasti nell'altro corpo quella mattina, ma non ci fece caso, anzi, mi sorrise ringraziandomi per aver provato ad aiutarla e mi invitò ad unirmi a lei e i suoi amici.
L'Olimpo mi accolse in tutta la sua lucentezza.

Qualcuno finalmente aveva acceso un faro dall'alto, illuminando l'angolo buio dell'asocialità in cui ero rimasto recluso fino a quel momento.

Io esistevo. Io c'ero!

E ora tutti lo sapevano.

Da quel giorno avrei dovuto cambiare data del compleanno, perché ero davvero rinato. Anche quando sei feto in teoria sei vivo, però nessuno ti caga molto... cioè, sei lì dentro, ma si può solo controllare che tu stia bene e attendere che tu esca. E' solo quando vieni fuori urlando come un indemoniato, che la gente (soprattutto quella del tuo condominio) si accorge di te. Solo allora si segna il compleanno, perché solo quando siamo con gli altri, pare siamo veramente vivi.

Ps: ho ancora i brividi per ciò che ho scritto ragazzi! Mi aspetto i complimenti sulla pagina con le citazioni... Si-si la apro sicuramente! Altrimenti come faranno a mandarmi le tette le ragazze acculturate?

Giorno 79 (14 Marzo 2020)

Mi piace troppo concludere la giornata di scrittura con una frase ad effetto! Cercherò di farlo volontariamente più spesso, così da lasciarti tutta quella fantastica aria di mistero e cultura per il resto della fine della giornata... Ok-ok. Non esagero, quando verrà la vena poetica non la lascerò sfociare liberamente, ma cercherò di trattenermi.

Riprenderò ora la fantastica storia di Monica (che tanto per il momento non c'è niente di nuovo sul fronte conquiste o epidemia mondiale... figa cosa sta succedendo ragazzi! Io ancora non ci credo! Meglio non pensarci e scrivere che almeno non vado a cercarmi le notizie che mi mandano in paranoia).

Storia di Monica parte 3.

Nonostante il raggiungimento dell'Olimpo sociale (che avevo sempre osservato a distanza), non persi l'amore per le mie solite passioni. Lo ridussi di molto però a livello temporale. Ora avevo delle conoscenze reali e non mi appagava più come prima passare il tempo da solo. Addirittura mi feci un profilo sul social dell'epoca, vorrei far presente alla regia e a tutte le ragazze presenti in sala, che non sono così vecchio. Dai, sono del novanta, per rimanere in contatto con gli innumerevoli amici che mi aggiunsero solo perché ero entrato nelle grazie della favolosa dea Monica. Colei che poteva tutto e tutto poteva, colei che aveva dato vita ad un inutile burattino come me (sperando di non avere ritorsioni a livello nasale in caso di menzogne).
La mia ascesa verso il cielo era appena iniziata e non avevo ancora la minima idea di fin dove sarei potuto arrivare, ben più di qualche metro sopra il cielo e anche oltre.

Incominciai ad essere un tipo di genio per loro (dato che avevo sempre masticato l'informatica e tutto ciò che in qualche modo la riguardava per conto mio) di conseguenza gli appunti che prendevo erano considerati allo stremo della bibbia. Feci avanzare gruppi interi a blocchi ai vari esami che...
Porca troia cosa cavolo si iscrivevano a fare quelli lì, che neanche sapevano aprire il flipper installato di base sul computer e si volevano

laureare!
Lasciamo perdere.

Non mi dilungherò troppo su quel periodo dove volavo letteralmente
dietro Monica, circondato da farfalle e continui momenti imbarazzanti
(per me), con la mia continua e nuova balbuzie (sviluppata per
l'occasione. Un miglioramento considerando che prima neanche
parlavo) e tutti quei fantastici episodi in cui dovevo capire dove e
come sedermi assieme agli altri a mensa o in giro... Nessuno mi
schifava, il che era una situazione nuova, però nessuno mi indicava
di mettermi vicino a sè. Ovviamente da lì nasceva la mia ansia (cioè
dai lo vedi che sono in difficoltà! Tendi una minchia di mano, no?).
Comunque un grosso miglioramento rispetto al non esistere proprio
eh, ero praticamente passato dall'essere una molecola d'aria a... boh
un sasso diciamo.

Sono successe un paio di cose che forse ti racconterò più avanti...
no, non credo che lo farò, anzi...
Passiamo direttamente a qualcosa di interessante che accade
quando ci fu l'occasione di andare ad una festa dopo la fine della
sessione estiva. Ovviamente spinto da mio padre. Ad ogni resoconto
sociale che gli facevo, si esaltava come un bambino al suo
compleanno, e impazziva ogni volta che aggiungevo un minimo
dettaglio al mio amore ormai confermato per Monica. Riuscì a
convincermi ad accettare l'invito, nonostante il mio disinteresse nei
riguardi dei locali. Questo era dato dal fatto che ero astemio e
amante del silenzio. Proprio non gradivo quella violenza ai danni dei
miei timpani con tutto quel tunz tunz dell'epoca (mentre io ero
cresciuto col "toon tunz" incollato alla tv). Il mio drink sembrava quasi
un tè e mi faceva sentire ancora più a disagio... avevo e ho ben altri
gusti, diamine. Poi quell'anno ne erano uscite di bombe musicali di
ogni genere: che parlavano di amori che duravano per sempre e
stupivano o di certi due di picche... tutto insieme!
Capolavori in questo posto che si chiama mondoooo.

Ora il racconto "della sera" che cambiò per sempre non solo la mia
vita, ma anche quella di qualcun'altro. Ogni azione che facciamo
potrebbe avere un'influenza incredibile a lungo termine sulla vita
degli altri. Come la farfalla che sbatte le ali e fa gli uragani altrove.

Oppure quando uno torna nel futuro e si fa quasi sua madre e rischia di non esistere…

Lo so, mi sto dilungando per l'ennesima volta, ma non sapevo come arrivare al fatto che… qualunque cosa io possa fare nella mia situazione odierna, non cambierei proprio la vita di nessuno… forse.

Fu quella quell'incredibile sera, con quell'incredibile musica waka waka, con quell'alcool, con quella mia insicurezza da cervo di fronte ai fari (ma soprattutto grazie quell'alcool, l'ho già scritto?), che Monica venne a sedersi accanto a me.

Il divanetto bianco era ricoperto di borse e felpe estive a cui facevo gelosamente la guardia, muovendo il piede a ritmo di musica (come per mostrare che ero sul pezzo yo fra!). Venne a fine serata, per darmi il ringraziamento da parte di tutta la classe per quello che avevo fatto per loro, il mio primo bacio e in assoluto il più bello della mia vita.

Nonostante ho ancora il dubbio che avesse vomitato poco prima e sapesse vagamente di posacenere.

Ringraziai che fosse stata lei a darmi la ricompensa (a dispetto del disagio riguardante il sapore) perché non mi andava esattamente di limonarmi l'intera classe. Non tutta quella sera almeno, soprattutto se avevano bevuto e fumato tutti allo stesso modo, con gli stessi risultati…

Era veramente un sogno quel periodo.

La cosa più bella poi sai qual era?

Che era appena cominciato.

Scoprì alla ripresa delle lezioni a settembre, che forse Monica non era così tanto ubriaca come era sembrata e che il suo non scrivermi troppo durante la pausa estiva, fosse perché aveva bisogno di riflettere su…. di noi! L'amore è una favola! Su, di noi, se tu vuoi programmare… Ok, scusami mi sono lasciato trascinare. Ringrazia che non hai le orecchie, perché ogni volta che cito una canzone (cosa che ultimamento sto facendo fin troppo spesso, mi sa che verranno a prendermi per il copyright tra poco) scateno il tenore che in me… con annessa gioia dei miei vicini che credo di avere… non lo so non li ho mai visti, ma qualcuno le spese condominiali (oltre me) deve pur pagarle.

Super colpo di scena imprevedibile! Ci mettemmo insieme ufficialmente un mese dopo esserci rivisti dopo l'estate, il tredici ottobre e una settimana dopo... esatto, quella data salvata nel calendario come "Anniversario" non è la data di un mio fidanzamento o matrimonio, ma è la data in cui ho perso la verginità!
Come festeggio? Con la bambola gonfiabile ovviamente! Sto scherzando, vai tranquillo.

Ok, non sto scherzando.
E' palese che mi sia fatto più e più volte quell'ammasso di gomma. Ti dirò che non è neanche troppo male variare ogni tanto da Federica, anche perché è passato talmente tanto tempo dall'ultima volta che mi sono accoppiato... che credo mi sia ricresciuta la verginità.
Anche se ciò non ha alcun senso.

Giorno 80 (15 Marzo 2020)

Sai che è vero che ci si sente meglio a confidare i propri pensieri e sentimenti? Da quando ti sto scrivendo mi sento decisamente più leggero. Quindi è questo che si prova ad avere un confidente? Oppure è una sensazione più rilegata a figure professionali come psicologi o preti?

Comunque... ciò che sto cercando di dirti, caro il mio Federico il diario amico, è che ormai sono a mio agio con te! Sento che potrei dirti veramente qualsiasi cosa. Non provavo questa sensazione da anni... vuoi che vada avanti a raccontarti della mia fantastica vita allora?
Magari domani.

Per oggi credo di aver già espresso fin troppe emozioni e comincio a sentirmi a disagio... vuoi che comunque ti intrattenga con altro?
Lo sai che per me è sempre più difficile trovare la giusta quantità di tempo da dedicarti, con tutte le dolci donzelle che mi scrivono e il forum in cui continua ad entrare gente disperata da consolare...
Riguardo alle zozzerie in effetti non ti aggiorno da tanto, cerco magari qualche chat interessante e te la giro. Così almeno per oggi hai qualcosa da leggere. Mi raccomando di non farla leggere ai minorenni che qui si va giù di zozzerie pesanti.

Non te la mando fin dall'inizio della conversazione, altrimenti viene fuori una roba lunghissima da venti pagine e poi mi dai del pigro che non ho voglia di scrivere. Ti mando da dove le cose hanno cominciato a farsi interessanti.

[Aurora, 26 anni, Milano]

"Ciao, sono una ragazza seria, non cerco sesso, scrivetemi solo se siete cervello muniti che tanto non ve la do!"

#libri #cultura #amore #viaggi #mare

CHAT

Aurora: *Foto*

Tu: Buongiorno anche a voi gemelle :*

Aurora: Come sta il mio uomo oggi? :*

Tu: *Foto*

Aurora: Uuuuh in forma come sempre vedo *.*

Tu: Solo per merito tuo amore

Aurora: Aaawww quanto ti voglio *-*

Tu: Io voglio il tuo bel culetto

Aurora: *Foto*

Tu: Brava, così mi piaci, bella zoccola che sei

Aurora: >.<

Tu: Che hai fatto oggi?

Aurora: Solite cose… sono chiusa in casa e non è che possa fare molto… ti giuro questa situazione mi sta facendo impazzire e non sai quanto vorrei vederti finalmente! :'(

Tu: Eh anche io, dannato virus… però te l'ho detto ho paura di essermelo preso e meglio non rischiare… ci tengo a te non voglio metterti in pericolo

Aurora: SEI FANTASTICO *.*

Tu: Quando sarà tutto finito sarai mia.

Aurora: Tutta tutta? ❤

Tu: Non saprei

Aurora: *Foto*

Tu: Decisamente tutta tutta.

Giorno 81 (16 Marzo 2020)

Non ho aggiunto un commento finale dopo la chat perché volevo lasciarti nell'incredulità della cosa e poi mi era tornata la voglia di... godermi la sua bellezza.

La cosa incredibile è che non è nemmeno l'unica... no. Non è un mio profilo falso, deficiente! Ahahah! Un conto è rimorchiarmi da solo per sbaglio, ma le foto zozze femminili fatte in diretta... non sono assolutamente in mio potere. Sai, mi piacerebbe che tu ammettessi che non sono niente male... beh si, Valentino Legge non è male a rimorchiare. Che ci vuoi fare, io sono anche Valentino Legge in questo momento e spero per tantissimo altro tempo ancora.

Dato che ti ho promesso che sarei andato avanti con la mia storia deprimente.
Oltretutto oggi sono anche di buon umore perché ho raccolto un sacco di foto zozze... sia dalla cara Aurora, che da tutto il resto di gentili signore che allietano le mie giornate di pura solitudine...
Cazzo, è vero! Anche le loro giornate sono di pura solitudine ora che siamo tutti rinchiusi forzatamente in casa... non te l'ho scritto prima? Praticamente è scattata una legge marziale che dice che si può uscire solo per primarie necessità (come fare la spesa) e tutto il resto è assolutamente vietato (sembra che sparino multe a vista se ti beccano in giro senza... non riesco a scriverlo senza ridere, quindi eviterò. Se no poi sembra che non prendo sul serio la situazione).

Eravamo rimasti alla mia perdita della verginità. Un evento talmente epocale che a confronto il bimbo nella stalla con bue, asinello e cornuto passa inosservato. Pensa che questo evento viene tutt'oggi celebrato come festa nazionale in una moltitudine di paesi civilizzati... sisi ti giuro, cerca pure! La rinomata festa del pene viene celebrata in mio onore, giuro.

La cosa bella è che non fu l'unica volta che ci accoppiammo. Facevamo coppia fissa addirittura sui social con tanto di "impegnati" come favolosa etichetta (da sbattere sotto gli occhi di tutti) e diretto collegamento ipertestuale con il nome dell'altro sui rispettivi profili!

Uno come me... carino, ma non eccezionale, che ha sempre vissuto nell'ombra... con una come lei! Praticamente una strafiga stra apprezzata in qualunque cosa facesse (tranne studiare anche se a piegarsi ci riusciva alla grande, ma non sui libri) e sembrava avesse la strada da influencer spianata di fronte a sè.

Eravamo veramente opposti in certe cose, ma nonostante questo riuscivamo a compensarci in tutto ciò che l'altro non aveva, in una perfetta simbiosi.

Da parte mia c'era l'aiuto nello studio, i passaggi la notte in macchina, offrirle le cene e il cinema, farle i compiti quando era necessario, creare progetti, portare fuori il pomerania, scaricare la musica e i film richiesti ecc... da parte sua c'era il sesso.
Non ti sembra equo?
... hai ragione, avrei dovuto fare di più per lei.

Mi rendeva felice renderla felice. Era bello sentirmi utile per qualcuno per la prima volta nella mia vita, che non fosse mio padre, e che inoltre ricambiava con il sesso!
... si ovviamente... mio padre non ricambiava in questo modo.

Grazie al mio aiuto Monica riuscì a prendere la laurea triennale solo qualche mese dopo di me (anche se come ti avevo detto, lei era un anno avanti a me... ma dettagli).
Questo la mise di fronte alla realtà e alla fine del tergiversare con l'università. In pratica doveva il trovare il suo posto nel mondo, che non fosse uscire tutte le sere per locali a mie spese.

Io non avevo ancora le idee chiarissime su cosa avrei potuto o voluto fare, i miei voti erano assolutamente di tutto rispetto, ma l'unica cosa che mi stimolava a vivere era lei. Sentii la paura di perderla (ora che non aveva più bisogno di me per andare avanti nella carriera universitaria) e per tutto il mio iniziale periodo post laurea continuai ad andare all'università, solo per vederla e pranzare col suo gruppo.

Sotto consiglio di mio padre e di Monica, decisi di continuare l'università l'anno successivo per specializzarmi nel settore informatico. In questo modo, non solo avrei rimandato di ancora due

anni la terribile ricerca di un impiego che tanto spaventa tutti, ma avrei potuto ambire ad una posizione più elevata saltando anni di gavetta, in teoria...
Si, in teoria appunto. Nella pratica ero stato assunto da un'azienda che si occupava di pubblicità online. Le cose cominciavano a girare piuttosto bene, dato che sembrava proprio il genere di lavoro che avevo sognato per tutta la vita (pur non avendo mai del tutto percepito la sua esistenza fino a quel momento.) Hai presente tutte le milfone a soli 2 km da te? Ecco, ero sempre io diciamo. Si vede che non ho perso il vizio dopo anni, non trovi?

La cosa molto bella era che guadagnavo veramente bene, soprattutto grazie al mio talento nella programmazione. Riuscii a portare ad una semplificazione dell'intero sistema (così obsoleto che c'era in azienda che non teneva conto della posizione approssimativa dell'utente rimanendo unicamente focalizzato a quello della regione). Il sistema ai tempi era molto più antiquato rispetto ad oggi eh! Non mi prendo mica il merito di aver cambiato Internet. Ho solo semplificato leggermente i loro parametri interni.

Per assurdo... ero passato dall'essere una completa nullità priva di alcun valore sociale, ad un prodigio nel lavoro. Il tutto contro ogni aspettativa personale e del circondario paesano. Stavo con la ragazza più bella del mondo, ero arrivato in brevissimo tempo da zero a mito nel lavoro e sentivo di non aver più paura di niente.

Fu così che mi buttai di peso nello step successivo, spinto da mio padre che ormai passava le giornate a sprizzare orgoglio ovunque (narrandolo ad ogni povero disgraziato cliente che entrava per farsi sistemare i capelli). Chiesi a Monica di andare a vivere insieme.

Forse mi sono dimenticato di dirtelo, ma neanche lei abitava in città, anzi era a due paesi più lontani di me (come linea ferroviaria). Ci eravamo organizzati in modo da trovarci sempre nello stesso vagone ogni mattina, che cosa romantica eh? Soprattutto per me che passavo dalla notte in cui la sognavo, alla mattina quando la vedevo. Tutto un sogno unico praticamente, un favoloso sogno che portava ad un perpetuo alzabandiera, che neanche i tizi alle olimpiadi quando marciano sventolando.

Era praticamente l'unico motivo per il quale avevo smesso di desiderare la morte appena sveglio all'alba.

Dopo essersi laureata con il minimo sindacale dei voti, passò proprio per miracolo e alcuni professori ne diedero il merito unicamente alla sua prova orale (anche se onestamente io vi assistetti e la trovai decisamente insufficiente... boh).
Monica, in quel periodo, stava cercando lavoro nel campo della moda e delle sfilate, si era esaltata come non mai, perché uno pseudo agente di una compagnia di modelle le aveva commentato una foto sui social, chiedendo se fosse interessata a partecipare ad un casting virtuale. Lei impazzì dall'emozione e ovviamente partecipò mandando tutte le foto in intimo e nuda che le erano state richieste. Curiosamente non fu presa, o almeno... da qualche parte fu presa, ma leggermente in basso anatomicamente parlando. Il fantomatico agente la bloccò, lui e tutti gli altri agenti che chiesero e ottennero quelle foto (che vidi casualmente sul suo telefono quando mi chiese di liberarle la memoria). Fece una marea di casting a mia insaputa, ma ehi, non volevo mica tarparle le ali! in qualche modo. Non volevo nemmeno costringerla a dirmi esattamente a quante agenzie aveva mandato le sue foto e quanti suoi ex avevano trovato lavoro in tali agenzie...
Ah si, non ero il suo primo ragazzo, forse il terzo.

A prescindere da queste favolose esperienze, si convinse di essere una specie di modella promessa. Decise che non avrebbe mai sfondato se fosse rimasta nel paesino in cui viveva da sempre. Per questo motivo, quando le feci la proposta di andare a vivere insieme, si esaltò tantissimo e insistette nel cercare una casa in centro a Milano. Anche se inizialmente si era parlato di un bilocale accanto a mio padre...

Ammetto che il mio paese non era esattamente un parco divertimenti, ma in qualche modo ci ero affezionato e negli ultimi anni. Mi ero anche affezionato a mio padre, dopo essermi aperto proprio grazie a Monica. Mi dispiaceva soprattutto lasciarlo completamente solo:
Il potere della figa, con tutto il suo splendore eterno, ebbe la meglio su di me e mi ritrovai a cercare case in affitto in ogni dove

metropolitano, che fossero ad una cifra accettabile per il mio miserabile portafoglio da neolaureato, con il solo stipendio da stagista nell'azienda pubblicitaria.

Non ho assolutamente idea di come fece (ma sono quasi sicuro che la tecnica provenga dall'India e da un loro libro assai interessante), ma dopo riuscì anche a convincermi che affittare una casa a Milano era una cavolata e che la cosa migliore da fare era acquistarne una visto che era il periodo della crisi immobiliare.

Nonostante all'inizio fossi alquanto scettico, devo ammettere dopo anni che su questa cosa ebbe ragione. Dovetti: chiedere in anticipo la mia eredità; farmi assumere come insegnante/supplente di informatica di giorno; continuare il mio lavoro di manutentore di server. Il tutto per poter arrivare al mese successivo a causa del mutuo e per spingere la carriera della mia signora nel campo della moda, ma continuavo a ripetermi che era per una giusta causa e presto ne avremmo raccolto i frutti.

Riuscii a comprare la casa in cui vivo adesso, qui sui navigli e in mezzo alla movida, solo grazie all'aiuto di mio padre e del mio duro lavoro.
Da parte di Monica e della sua famiglia ci fu veramente zero, anche perché quest'ultimi non approvavano del tutto che il sogno della loro unica figlia fosse sfilare mezza o totalmente nuda (dalle foto che trovavo per le varie agenzie avevo più certezze su questa opzione). Come dargli torto d'altronde?! Io non oso immaginare cosa penserei se mia figlia mi dicesse un qualcosa del genere... credo che all'inizio sarebbe un duro colpo... credo... ma tanto non ho prole. Di cosa mi preoccupo?
L'idea non faceva impazzire neanche me e glielo dissi più volte, ma ero abbastanza aperto di mente (e lei si apriva ancor di più) per accettare la cosa e aiutarla in ogni modo offrendole il mio sostegno morale, ogni volta che fosse necessario.

Ripeto che in cambio si faceva trapanare e questo bastava eccome a ricambiare tutto ciò che facevo. Anzi, ripeto, mi sentivo addirittura in difetto per certe cose e la riempivo di regali... eheh e non solo di quelli se capisci che intendo... e viva la pillola!

Giorno 82 (17 Marzo 2020)

Buongiorno a te carissimo! Come andiamo oggi?
Io tutto a posto, anche se alla fine ieri sono crollato dal sonno brutalmente. Stai tranquillo che ho già recuperato con la "poppa terapia" che sto seguendo con le mie amiche, ti assicuro che fa miracoli dovresti provare!

Ora riprendiamo.
Ti avviso che da qui sarà un pochino più pesante per me, quindi preparati a consolarmi dopo, ne avrò veramente bisogno e non credo che le poppe basteranno.

Le cose iniziarono ad andare male nel 2017, l'anno in assoluto più brutto della mia vita… Da record proprio… difficile immaginare una situazione peggiore rispetto a quella attuale con la mia depressione solitudinaria e il mondo là fuori che sta morendo, vero?!
Eppure dopo due anni di convivenza (fatti di miei sacrifici a livello lavorativo per poterci permettere tutto ciò che lei riteneva necessario, e i suoi tentativi di spiccare il volo come modella) la situazione cominciò a pesare. Nel quotidiano non ci vedevamo più (anche se lei aveva sempre qualche amico fraterno a farle compagnia) e a livello di abitudini eravamo cambiati.
E poi… ancora adesso faccio fatica a parlarne o anche solo a sentirlo come segno zodiacale mi urta… e non parlo del capricorno.

Scoprimmo che mio padre aveva un cancro ai polmoni.

Una malattia che lo stava consumando dall'interno senza lasciargli via di scampo e che lui aveva scelto volontariamente di nascondermi per proteggermi, per non darmi pensieri dato che la mia vita nella grande città lontano da lui era già affollata di problemi di cui lo tenevo aggiornato costantemente… come ti avevo accennato il nostro rapporto era decisamente migliorato negli ultimi tempi.

Stava ovviamente seguendo delle cure, ma dopo qualche mese non riuscì più ad avere le forze per tenere dritte un paio di forbici e dovette chiudere l'attività che tanto amava e in cui credeva, ma che ormai aveva anche perduto di senso quando decisi una strada diversa motivo per cui la vide come un pensionamento anticipato piuttosto che un fallimento.

Se chiudere l'attività di una vita non gli fece poi così tanto male quanto dava a vedere probabilmente fui io a dargli il dispiacere più grande che però ritenni assolutamente necessario, feci ciò che mio padre non avrebbe mai voluto che facessi, abbandonai il lavoro come insegnante per tornare nella casa in cui ero nato per stargli accanto ogni momento, cercando di tornare il più possibile nel nido d'amore dove avevo sempre più la sensazione che Monica non passasse più neanche le notti ad annoiarsi da sola.

Ma non mi importava.

Non mi importava più di niente.

La mia mente era perennemente annebbiata.

Non mi accorgevo del tempo che passava.

Mio padre aveva bisogno di me e io ci sarei stato per lui, nonostante non potessi fare niente.

Ero relegato ad una triste e straziante quotidianità, il cui unico fulcro era vedere la persona che mi aveva cresciuto... consumata dall'interno. Non potevo farci niente, se non piangere e pregare che non stesse soffrendo troppo durante le notti in cui lo sentivo lamentarsi per i dolori... nonostante la morfina.

Per assurdo, nonostante la gravissima situazione in cui si trovava, era lui che cercava di tirarmi su il morale come poteva. Ci provò fino all'ultimo giorno: ogni volta che era cosciente, ogni volta che mi riconosceva, ogni volta che si ricordava di me e chiedeva dove fossi.

Dopo esattamente sei mesi che mi ero trasferito nuovamente in quella casa per accudirlo, lasciandomi dietro tutta la vita cittadina che mi ero costruito negli ultimi anni, mi ritrovai completamente solo.

Ero circondato da persone (pseudo parenti) venute su dalla Calabria per piangere e ripetermi frasi fatte. Il tutto senza mai provare a chiedermi come stessi veramente, ma facendo i classici falsi inviti a casa loro quando ne avessi bisogno.

Tra tutti i volti spenti che mi circondavano, ebbi la forza di cercarne solo uno in particolare. Era quello di colei che era stata trattata come una figlia dall'uomo rinchiuso in quella cassa di legno, ma non la trovai.

Pensai ingenuamente che fosse troppo pesante per lei vivere quella situazione. Non tutti se la sentono di andare a dare un ultimo saluto a qualcuno che ci sta lasciando... un po' è per il dolore della prossima perdita, un po' è per preservare come ultimo ricordo quello di una persona felicemente in vita.

Non ricordo neanche cosa successe dopo il funerale. Con chi parlai o cosa pensai di preciso. Ricordo però quella sensazione di completo smarrimento (e voglia di fuggire) che mi fece tornare nella mia costosissima casa di Milano. Dove ad aspettarmi, trovai solo il lavandino ancora attaccato.

Non le era mai piaciuto.
E Con quello che costa la ceramica al giorno d'oggi fu un bene.

Giorno 83 (18 Marzo 2020)

Ehilà.

Rimandiamo il prosieguo?
Tanto ormai il grosso della storia è andato, le brutte sorprese sono finite per fortuna e ovviamente la mia reazione finale... non è mica tanto allegra.

Scusami, ma oggi proprio non me la sento di scrivere...

Si ci sono altre novità che mi hanno fatto passare ancora di più la voglia di vivere oggi.

Ho visto il video di una fila di camion militari a Bergamo che trasportavano... bare... bare che contenevano i corpi di persone, tantissime persone, persone che amavano, persone che erano amate e che adesso non ci sono più.

Sarò strano ed incoerente, ma ho il desiderio... se fosse possibile, di fare a cambio con uno di loro. Non per un mio desiderio di passare a miglior vita, ma per il desiderio dei loro familiari di vedere vivo un loro caro.

Io darei veramente di tutto per riavere il mio papà con me anche solo per un giorno. Darei anche la mia stessa inutile vita, dato che aveva ancora un senso fintanto che c'era lui da rendere orgoglioso e di cui prendersi cura.

Oppure se fosse possibile vorrei poter... beh vorrei poter conoscere la mia mamma... ti immagini la scena? "Ehi ciao, piacere. Sono il figlio per cui hai dato la vita. Beh, direi ottima scelta distruggere la vita dell'uomo che ami, per dare speranza ad un essere ancora non nato!".

...

Dannazione.

Scusami mamma, ma davvero... credo di averti delusa vivendo così.

Perdonami.

Giorno 84 (19 Marzo 2020)

Bella lì!
Oggi va un pochino meglio, ho cercato di distrarmi... va bene tutto, ma se cerco di fare mio il dolore degli altri, sono rovinato. A malapena sopporto il mio.

Facciamo una pausa dalle cose tristi e brutte ti va?
Ho paura di deprimerti troppo e poi mi abbandoni. Lo so già.
Troppo tempo senza zozzerie non va mica bene, per cui vedo di incollarti una cosa che riterrai interessante...
Scommetto che non è una cosa che ti aspetti.

[Robin, 25 anni, Milano]

"Come potete notare dalle mie foto sono una cosplayer dilettante, se non vi piace questo mondo e le ragazze curvy passate oltre che devo cominciare un nuovo anime!"

#manga #film #tv #cosplay #videogiochi

Già.
Quando mi è sbucata fuori, anche io sono rimasto senza parole... cosa? Ma no, coglione, mica perché è grassa! Cosa me ne frega?
Sono rimasto senza parole per ciò che è successo più tardi...
L'ho trovata col profilo di Valentino Legge... solo che non me la sono sentita di prenderla per il culo scrivendole con quello...
Eh già! Ho rispolverato il mio primo e originario profilo Cisco! Il mio primissimo profilo che era mezzo fallito perché avevo finito tutte le possibili ragazze...
Diciamo che ho speso giusto qualche soldo... il succo della questione è che mi è arrivata le mail di notifica di un nuovo utente (cosa molto frequente in questo periodo, siamo letteralmente tutti qui) e subito mi sono fiondato a verificarne la qualità.

CHAT

Tu: Ehi ciao... scusami ma non sono proprio bravo col primo messaggio... o con tutti gli altri... neanche le foto sono il mio forte...

166

beh in pratica non hai alcun motivo per rispondermi, ma ti ho vista e soprattutto ti ho letta e non potevo non provare a scriverti.

Robin: Cerchi sesso?

Tu: No

Robin: Soldi?

Tu: Che? Nono

Robin: Mi vuoi prendere in giro?

Tu: Riguardo cosa potrei farlo?

Robin: Mmmm.... parola d'ordine?

Tu: Sorbetto al limone.

Robin: .... non mi era mai successo.

Tu: Tutto ciò che accade nella vita non era mai successa prima.

Robin: ... prima avevi la mia attenzione, ora hai il mio interesse.

Tu: Felice di sentirlo ma... ora non so più come andare avanti D:

Robin: Ahahah neanche io ero mai arrivata a questo punto xD

Tu: Beh... come va?

Robin: Beh direi bene ahah cioè so che la situazione attuale è uno schifo, ma per il momento non mi tocca quindi ok

Tu: Esattamente uguale a me, non toglietemi la consegna a domicilio e poi fate quello che volete.

Robin: Oilalà non hai preso la possibilità di farmi una battuta sconcia sul toccarmi... curioso...

Tu: Dovresti provare a togliere i pregiudizi, magari questa volta è quella buona, no?

Robin: Chi lo sa çwç

Tu: Lo sai che Cisco è un nome d'arte vero?

Robin: Avevo capito tutto, un po' come nel calcio no?

Tu: Esattamente *_*

Robin: Piacere, Nicole, ma puoi chiamarmi Nico ;)

Eh già... stiamo andando avanti da ieri a parlare. Ininterrottamente! Parliamo di qualunque cosa capiti, senza alcuna esclusione... esatto anche di zozzerie alla fine! Non direttamente nostre eh, non ci siamo mandati niente del genere...
Con lei non ne sento la necessità per trovarla interessante.

Ora vado che mi aspetta. Fammi gli auguri che dietro non ci sia un trentenne pervertito... che non si sa mai.

Giorno 85 (20 Marzo 2020)

Per la prima volta da tantissimo mi sento... quella parola con la F, aspetta... si, felice! Ahahah, ovvio che scherzo. Tutto merito di Nico... Robin... non so come chiamarla con te, ahahah! Vabbè, hai capito.

Mi piace davvero tantissimo parlare con lei, finalmente ho trovato qualcuno di veramente interessante... beh Cisco l'ha trovata... ciò che fanno gli altri come Valentino ecc non sono affar mio... cioè, le loro relazioni non interferiscono con... oddio.

Ora che dovrei fare con tutta la mandria di pulzelle che ho tirato su?

Guarda, pur di evitare il discorso e distrarti preferisco concludere la mia storia deprimente. Dovrei riuscire a sopportarla in questo momento. Senti io evito i discorsi quanto mi pare, quindi non rompere, so che anche tu vuoi sentire la fine! Giuro che è la fine... anche perché come vedrai non è del tutto possibile un seguito.

Eravamo rimasti che entrai in quella casa completamente vuota... non solo vuota fisicamente, ma proprio vuota in ogni possibile senso... non c'era più la sua luce ad illuminarla... era sparita anche la speranza che tornasse, per cui ciò che feci fu semplicemente buttarmi per terra, in senso letterale. Ti avevo scritto che c'era solo il lavandino, mica potevo buttarmi su quello.

Non ero in grado di reagire in alcun modo, soprattutto perché non sapevo esattamente a cosa reagire o il risultato che volessi ottenere...

Non provai neanche a chiamarla e forse aveva anche cambiato numero. Non avevo proprio la testa per pensarci. Avendo definitivamente perso tutto... beh, quasi tutto... avevo il lavandino... e il mutuo.

La mattina dopo mi svegliai con ancora meno voglia di vivere, pensando di aver vissuto un incubo. Purtroppo però ero ancora lì disteso per terra. Cercai quindi di reagire riflettendo sul da farsi.

Lasciando stare il concetto assoluto della morte dove non puoi fare proprio niente per cambiare il risultato reale (nel senso che qualunque cosa farai il morto resta morto... si anche dopo tre giorni, vedrai che si scoprirà essere un alieno) invece per quanto riguarda la fine di una relazione con una persona, la vedo in maniera piuttosto differente. Finché una persona è viva ci puoi sempre avere a che fare e sei tu che scegli se andare oltre o tentare di recuperare in qualche modo interloquendo con chi hai condiviso tempo ed emozioni. Quindi mi posi razionalmente tutte le domande del caso, fino a giungere a questo bivio e scelsi la via più facile e forse meno dura.

Non fare niente. Non reagire. Lasciare che l'universo (troppo grande per fregargliene qualcosa della mia nuova cucina ad induzione, rapita da una troia senza potersi difendere) facesse ciò che doveva fare… Per una volta ero io a decidere consapevolmente di non fare niente e aspettare, esattamente come avevo sempre fatto direi, ma questa volta era diverso… mi erano cresciute le palle durante la notte, non saprei. Sta di fatto che iniziai a provare un certo amore per me stesso (non quello che provavo da quando avevo tredici anni), una cosa tipo orgoglio… amor proprio che mi schiarì le idee e che mi mise al primo posto in quella mia nuova vita.

Era ovvio sapessi che aveva un altro, forse altri, forse era entrata nel settore del porno e neanche me ne ero accorto. Non mi interessava o preoccupavo e mi ero appena convinto che in una relazione devi avere per forza dell'affinità mentale (che ti permette di stare in silenzio con l'altra persona, senza essere a disagio). Non si può andare avanti solo a scopate o vani tentativi di uscita. Se non riesci a parlare con la persona con cui stai, fatti due domande e magari valuta delle alternative, prima di rischiare di passare tutta la tua vita come una persona infelice.

Andai avanti per ore solo a riflettere in completa solitudine, raggiungendo infine il verdetto: lei ha fatto la sua scelta ed ora io avevo fatto la mia. Questa semplice frase era per me la conclusione di tutti i ragionamenti fatti, che mi aiutarono a rialzarmi (sia mentalmente che fisicamente) quel tanto che bastava per recuperare un minimo di vita.

Ne sentii ancora parlare? Si, qualche mese dopo, ma non perché mi telefonò lei o la cercai io, ma perché una mattina lessi (tra le tantissime altre con purtroppo titoli simili) questa semplice notizia.

"Incidente stradale, morto conducente e fidanzata, altri due in gravi condizioni"

Inutile che ti dia conferma che la fidanzata in questione teoricamente era la mia ex, giusto?

Morta.

Sparita per sempre.

Provai quasi piacere nel leggere la notizia… non voglio essere macabro è ovvio, ti sto facendo confidenze cazzo! Non dovresti giudicarmi!

Le varie notizie che uscirono nei giorni successivi delinearono un quadro abbastanza completo e del tutto banale della vicenda. Un guidatore ubriaco e drogato, che ha sbandato da solo finendo in un fosso all'uscita di un'autostrada, tamponandone un'altra nel mentre. Si era pure trovata un conglione drogato.

Con tutta la cattiveria di questo mondo ti posso dire che non mi è dispiaciuto, ma non ho neanche goduto, non sono un sadico. Però capisci che per una persona a cui è stato portato via ingiustamente il padre da poco, scoprire che la persona che aveva amato (e che lo aveva letteralmente derubato della vita oltre che del mobilio) era stata punita per la sua stupidità.
Impossibile non provare emozioni non del tutto negative!

In questo modo si concluse la mia favolosa storia d'amore e, letteralmente, la storia della mia vita.
Spero vi sia piaciuto il mio fantastico racconto, casomai non vi rivedessi, buon pomeriggio, buonasera e buonanotte!

Senti, sono ancora umano dopotutto, quindi non pretendere che non abbia bisogno di una pausa, se vengo travolto così di impeto dai miei ricordi infami!

Niente della mia vita è mai andata nel verso giusto o ha mantenuto una giusta via per tanto tempo.

L'assenza di obiettivi nella vita non ti rende le cose facili sai? Come fai a compiere un qualunque gesto, se non sai il motivo finale per il quale lo stai facendo? Uno lavora ogni santo giorno per provvedere a sè e a chi tiene. solitamente. Io per quale dannato motivo lo faccio ugualmente anche se sono solo da far schifo. Continuo a pensare che la situazione non cambierà una volta che il mondo tornerà normale...

Ok, starò calmo, però suvvia parliamoci chiaro Federico: ora che sai cosa mi è successo, non ti stupisce più di tanto che sia finito in questo stato, vero? Anzi, sono quasi certo che tu ti stia domandando perché non abbia già scelto di farla finita molto prima, dato che mi è impossibile recuperare una vita...
Come hai potuto vedere nessuno vuole avere a che fare con me per quello che sono nella realtà! No, le partite online non valgono, quelli sono altri reietti che si riuniscono ad altri reietti per sentirsi meno reietti nel loro gruppo di reietti!

Voglio essere figo! Voglio stare con la gente figa! Voglio che loro vogliano stare con me. Non voglio rimanere nell'ombra della vita, assieme ad altri disadattati sociali virtuali, per poter avere un cuoricino nel post del forum... che riguarderà il mio suicidio (sempre che a qualcuno capiterà di leggere una notizia di cui a nessuno potrebbe importare)

Chi cazzo verrebbe al mio funerale poi?

Qualunque persona a cui io abbia mai tenuto nella mia vita ormai è morta! Tutti morti!

Non ha più senso questa vita che prosegue per l'inerzia, episodio dopo episodio, tra queste quattro mura. Come se fossi all'interno di un acquario, senza alcuna possibilità di uscirne fuori senza rischiare di morire!

Pensi che le conquiste virtuali mi possano salvare? Sto solo tergiversando in modo patetico per la mia patetica situazione che procrastinando il momento patetico in cui abbandonerò questo mondo patetico.

L'unico motivo per cui vivo ancora è per la curiosità del vedere come vanno a finire le cose... come questa situazione del virus, le serie tv e tutta un'altra marea di roba che non dipende da me e che neanche influisce veramente sulla mia vita!

Renditi conto, questo non si chiama vivere, ma sopravvivere... ma sento che le cose stanno per cambiare.

Giorno 86 (21 Marzo 2020)

Ehilà, che turbinio di emozioni ieri eh?
Scommetto che sono le parti che ti piacciono di più quelle in cui mi mostro per il sociopatico lunatico che sono... Rendono il mio personaggio molto più interessante no? In caso di film sulla mia vita, avviso che voglio essere interpretato da quello che si scopa l'assistente virtuale, credo che in assoluto mi ricalchi al meglio... se ci fosse qualcuno di ancora più simile a me ne avrei paura, perché non sarei più così tanto originale quanto credo e sarebbero cazzi... Comunque penso che lo scopriremo più avanti.

Per la quotidiana sezione di attualità dei nostri racconti ti dico una cosa che ha dell'incredibile. Il governo regala soldi! E non ai soliti! Sono sempre pronto a fare polemica, qualche problema? Chi non si lamenta della politica è perché ne fa parte o ha qualcosa da nascondere, ricordatelo sempre.

A me questa cosa ha lasciato sia piacevolmente stupito (perché vuol dire che lo Stato c'è nel momento del bisogno) sia... beh mi spaventa questa cosa. Vuol dire che siamo proprio nei casini e non durerà così poco quanto credevo...e la cosa non mi solleva, non più...
Eh già, proprio per Nicole. Ho deciso che non appena finirà tutta questa situazione di panico-paura, le chiederò di vederci...
Si esatto, penso che potrebbe finalmente essere la mia occasione per uscire da questa quarantena che dura una vita.

Non farò ovviamente l'errore di dirle che la amo o cose del genere (almeno non prima di vederla eh, non sono così scemo). Non c'è un momento ideale in cui dirlo, però voglio comunque aspettare di essere completamente sicuro e soprattutto voglio essere certo di fare le cose per bene per evitare casini...
Per il momento non ho intenzione di rinunciare agli altri profili, quindi questo periodo di chiusura vedilo come un periodo di addio al celibato, in cui mi godo tutte le simpatiche signorine compiacenti.
Poi prometto che quando sarà il momento di fare sul serio farò il bravo.
Promesso.

Giorno 87 (22 Marzo 2020)

Confermo. il governo ha fatto le cose per bene e sta veramente dando soldi a chi ne ha bisogno e fa richiesta. A quanto pare anche io potrei farne richiesta, ma onestamente non me la sento di abusare di un fondo d'emergenza, quando io neanche me ne sono accorto di questa fantomatica emergenza.

Faccio la mia piccola buona azione quotidiana e lascio quei soldi a chi ne ha veramente bisogno, che per il momento io sto alla grande... sei rimasto senza parole?

Tutto merito della mia Nicole, l'amore cambia in meglio come puoi vedere, mi verrebbe da cantare insieme agli uccellini (se solo ce ne fossero qui fuori oltre ai piccioni e...) Aspetta! Ieri era sabato e non ho sentito mezza voce giù in strada! Non riesco a crederci neanche ad agosto c'è così tanta calma solitamente... ok, ammetto che non mi dispiace così tanto, però lo trovo davvero inquietante... in qualche modo il costante rumore di sottofondo mi faceva compagnia... una compagnia quasi piacevole come quella che c'è al cinema, in cui un gruppo di sconosciuti si ritrova per passare insieme un'esperienza di assembramento (non so di preciso da quando esista questa parola, ma va così tanto di moda che ho iniziato ad usarla anche io). Questi sono i momenti dove puoi condividere emozioni, in un modo in cui che forse non avresti la possibilità di sperimentare, stando da solo chiuso in casa a guardare la stessa identica cosa.

Comunque, guardare giù dalla finestra che c'è dietro di te, era come guardare dentro un enorme acquario pieno di mini pesci tutti simili, ma tutti diversi, che sguazzano avanti e indietro senza una particolare meta, in un turbinio di shottini e apericene a nove euro... Mamma mia che poeta ragazzi, questa poi la mando a qualche giornale.

Direi che è un qualcosa che fa riflettere questo mio modo di vedere il mondo e le persone che lo popolano la metafora dell'acquario... loro sono nell'acqua tutti insieme allegri ad accoppiarsi tra loro, ma io non posso raggiungerli perché affoghereo...

Questa situazione mi fa in qualche modo provare pena per loro, perché per una volta sono un passo più avanti e capisco ciò che provano.

175

Faccio tanto la vittima che non ho mai vissuto e tutto il resto, ma da come ti ho raccontato, hai visto che ho vissuto anche io quella vita sociale tanto apprezzata dalla gente. Quindi so cosa vuol dire perderla all'improvviso e ritrovarsi senza niente (se non le quattro mura domestiche, con tanto di mutuo a tasso variabile).

Ammetto che un poco godo per la situazione assurda in cui si sono ritrovati ora tutti... ovviamente mi riferisco alla costrizione casalinga eh, non di certo alle persone che stanno male. Faccio schifo ok, ma fino a un certo punto e come hai potuto notare... sto facendo enormi progressi.

Ora vado, la mia futura moglie mi aspetta...
Nicole, coglione! Chi altro potrei intendere?

Giorno 88 (23 Marzo 2020)

… questo silenzio per le strade davvero mi inquieta… ogni tanto sento passare le ambulanze in lontananza e mi vengono i brividi… non sono uscito per un anno da questa casa e di certo non uscirò ora.

Giungo però da te con la notizia del secolo, finalmente, dopo mesi di gestazione ed un parto decisamente travagliato, sono pronto a pubblicare il profilo finale!
Quello che raccoglie tutto l'insieme delle mie fantastiche esperienze virtuali e da cui ho tratto solo il meglio… si, una specie di moderno playboy di Frankenstein, creato col solo intento di… rimorchiare?
Perché dovrei continuare a farlo ora che ho completamente tutto? Ho letteralmente una mandria di ragazze che soddisfano ogni mia voglia, ogni volta che lo desidero e… ho Nicole che… beh lei è lei…
Che cosa sto facendo esattamente?
Forse è meglio darsi una calmata... diciamo che forse prenderò in considerazione l'idea di non pubblicarlo.

Peccato... mi ero tenuto la serata libera appositamente per testarlo… guardare qualcosa online mi rifiuto...praticamente ogni video sulle piattaforme più disparate si vede pixelato. Pare abbiano abbassato la qualità per andare incontro all'aumento di domanda (ora che sono tutti chiusi in casa a smanettarsi).
Benvenuto nel mio mondo, caro mondo esterno.

Giorno 89 (24 Marzo 2020)

E anche le Olimpiadi le vediamo l'anno prossimo... non è che devi essere un'atleta per guardarle eh, mica è come il calcio. Lo fanno tutti i giorni bla bla solite cose! Le Olimpiadi sono la rappresentazione dell'apice delle capacità umane, adoro guardarle (sono super appassionato di record) e poi lo sai, tutto ciò che riesce ad eccedere il normale limite umano... è per me fonte di interesse.
Invece del fatto che hanno rimandato gli Europei frega niente, per tutti gli altri italiani invece sarà un dramma, come minimo vinceranno i prossimi, ci scommetto.

Ne stavo appunto parlando oggi con Nicole sul... oh eddai! Ora non metterti a fare il geloso, che non è proprio il caso! Beh... più o meno lo è, ma ti assicuro che cercherò di trovare il tempo per entrambi in mezzo alla mia incredibile folla di impegni lavorativi...
No, giuro che questa volta non sto scherzando! Con l'aumento di traffico dati (chissà come mai la gente sta navigando così tanto in questo periodo) c'è stato un picco di richieste per la pubblicità online e sto passando le giornate ad infilare banner da tutte le parti!
Un banner di qua, un banner di là, un banner per Bruce, un banner per la milf a soli 3 km da te... esatto! Proprio per tutti i gusti e pensa che per sbaglio prima ne ho infilato anche uno nel tostapane... eddai a Nicole ha fatto ridere!
Si ancora lei... ormai è il parametro su cui si basa la mia vita... credo si dica parametro per intendere "mezzo di paragone per misurare"...
Ok. Poi cerco. Ora ti lascio che... si mi aspetta lei... buonanotte anche a te.

Giorno 90 (25 Marzo 2020)

Ora non voglio dire che quasi mi manca il vecchio me incazzoso e depresso, ma ora davvero non so più che raccontarti, se non le noiose quotidianità che vivo a livello personale col lavoro o tenerti aggiornato sulla situazione mondiale alla quale preferisco non pensare... non ti sto assolutamente dicendo "addio" o cose del genere, ma in qualche modo ti sto dicendo che il tuo lavoro qui è finito, sono guarito socialmente.

Non appena finirà questa situazione chiederò a Nicole di uscire e andremo in giro come faranno gli altri esseri umani, così potrò tornare ad essere come uno di loro e magari potrò anche trovarmi dei veri amici!

Sai Nicole facendo la cosplayer frequenta un sacco di fiere ecc che al momento sono ovviamente ferme sai com'è, ma non appena riprenderanno io potrei andare con lei e incontrare tante persone e...

Grazie Federico, per esserci sempre stato e per avermi supportato nei momenti più difficili.

Non ti sto dicendo "addio" ripeto, semplicemente sto cominciando a prendere le distanze mentalmente dal fatto che io abbia ancora un legame terapeutico con te. Vorrei invece continuare a scriverti solo perché mi va e mi piace renderti partecipe della mia vita... beh si, sempre che accada qualcosa.

Prometto che ti scriverò ogni giorno, sii felice per me, amico mio.

179

Giorno 91 (26 Marzo 2020)

Ehi, visto che sono ancora qui?
Volevo solo tranquillizzarti, purtroppo non ho niente su cui aggiornarti per oggi, ti scrivo domani!

Giorno 92 (27 Marzo 2020)

Ti ricordi il discorso che ti avevo fatto sulla mia originalità? Ecco... si è circa già sfanculato ahahah...

Dai che sto scherzando, semplicemente oggi è entrato un nuovo ragazzo sul forum che ha raccontato la sua esperienza e niente... mi ricorda molto me in questo periodo e pensavo ti potesse interessare...

Solo che... credo di aver fatto un casino assurdo dannazione... cioè lui ha pubblicato la storia e io non gli ho esattamente dato il benvenuto come avrei dovuto e... sono finito veramente in un casino questa volta.

Non ho la minima idea sul come uscirne... ti incollo la storia e poi ti dico.

Ted74

Uomo, 46 anni, Milano

<Buonasera a tutti gli utenti del forum di aiuto! Vi chiedo scusa se non userò un linguaggio consono a questa realtà virtuale, ma ho giusto qualche annetto e non sono esattamente così tanto a mio agio. Vi scrivo non per chiedervi una mano, ma per darvela! Ho letto per mesi le storie pubbliche che sono state scritte qui da utenti in condizioni decisamente peggiori delle mie, per assurdo leggere di queste esperienze mi aiutava a sminuire il mio dolore e combatterlo! Il mio problema riguardava unicamente la solitudine che è nata dopo il divorzio dalla donna che credevo fosse quella giusta e con cui ho condiviso ogni possibile esperienza. Credevo fosse veramente finita per me... che senso aveva continuare a vivere se il motivo per cui avevi vissuto fino a quel momento ora non esisteva più? Grazie alle vostre storie ho resistito e ho deciso che era il momento di riprovare a mettersi in gioco che non si è mai troppo vecchi per ricominciare! So che quello che sto per scrivere potrà far storcere il naso a molti, ma per assurdo sono quasi grato a questa situazione pandemica che ci ha costretti in casa, perché mi ha dato il tempo di riflettere e trovare un modo virtuale per conoscere nuova gente. Nel giro di pochi giorni ho trovato la mia lei, Vittoria! (Nel senso che si chiama Vittoria eh, anche se per me è effettivamente stata una vittoria in tutti

i sensi) Lei, esattamente come me, era sbarcata nel mondo virtuale da pochissimo e subito ci siamo ritrovati e abbiamo iniziato a parlare per giorni interi! Per cui ragazzi vi ringrazio per avermi fatto resistere nei momenti peggiori e vi consiglio di vedere questa brutta situazione come un'occasione di riflessione e non come una prigionia, perché se tutto questo non fosse successo non l'avrei probabilmente mai incontrata, per cui grazie destino e non vedo l'ora che questa assurda situazione finisca per poterla finalmente incontrare dal vivo. Tenete duro ragazzi! >

Storia molto carina e avvincente vero? Circa come la mia dai! Felicissimo di vedere che ci sono altre persone che hanno trovato un bellissimo barlume di felicità in mezzo a questa orribile situazione esattamente come è successo a me. Prima non avevano questi profili online e ora li hanno e giustamente puntano sull'amore e... porca di quella puttana!
Il suo vero nome è Roberto e sono io Vittoria.

Scusami, sono troppo sotto shock!
Non potevo immaginare che succedesse una roba del genere e non così presto soprattutto... Nono, ti assicuro che con lui in chat ci sono andato sul leggero senza... si... ok! Diciamo pure che forse gli ho mandato certe foto... che lasciano poco spazio all'immaginazione, ma chi cavolo si può affezionare ad una che manda le sue tette in giro così? Non ti viene il dubbio che possa benissimo anche farlo con altri? Non ho mai scritto di amarlo o cose del genere, per cui non aveva motivo di andare a sbandierare in giro certe cose facendomi venire i sensi di colpa e... ci parlavo solo per passare il tempo, dai! Si era comportato da galantuomo super timido con Claudia (ex profilo "Claudietta", diciamo che nel frattempo è cresciuta perché con quel nome tutti la prendevano per zoccola fin da subito) e mi sembrava tanto tanto triste.
Per cui la soluzione più semplice ed ovvia che mi è venuta in mente è stata quella di realizzare la sua compagna ideale per tirarlo su di morale.

Solo che questa volta credo davvero di aver fatto un casino... ora devo sperare veramente che questa pandemia non finisca o quello mi uccide… un conto è così online a distanza, ma dal vivo con la parrucca non credo di riuscire ad ingannarlo…

Rischio di prendere un'inculata in ogni caso.

Giorno 93 (28 Marzo 2020)

Alla fine ho riflettuto su Vittoria.
Credo che la cosa migliore sia abbassare i toni... con calma... dato che ancora non si vede una fine a questa situazione. Anzi sta decisamente peggiorando in tutto il mondo.
Magari così non rischio di ferirlo troppo di botto e proseguo facendolo soffrire a comode rate.
Che situazione assurda ragazzi!

Giorno 94 (29 Marzo 2020)

Oggi ho decisamente delle riflessioni da proporti e con cui posso parlarne solo con te, caro il mio Federico.

Diciamo che mi trovo davanti ad un bivio emozionale riguardo la pandemia. Da un lato ho una possibile nuova conoscenza di cui posso dire di essermi ormai innamorato (e che a quanto ho capito ricambia). Dall'altro lato perderei non solo il mio intero gregge, ma potrei trovarmi nella situazione di dover affrontare tutti i ragazzi che ho rimorchiato e che potrebbero in qualche modo risalire a me... Non ho assolutamente idea di come potrebbero fare, ma diciamo che dopo ieri, il pensiero di prenderle malamente (anche solo un pochino) mi sta perseguitando e credo basti assumere un investigatore o roba del genere che riesca a risalire al mio indirizzo ip per fottermi.

Ho quindi deciso di cominciare a terminare le varie relazioni amorose che ho intrapreso in questo periodo e di non cominciarne delle altre... nono, le zozzerie assolutamente rimangono anche fino alla fine dei tempi! Non credo neanche che le puledre in questione se ne accorgano se sparisce uno scopamico virtuale... per cui un passo alla volta e pian piano diminuirò i cuoricini nelle varie chat ad eccezione ovviamente della mia Nicole.

Credo che in questo modo riuscirò a cavarmela alla grande, senza che nessuno si faccia troppo male... eh magari potrei aiutare Roberto e tutti gli altri miei spasimanti a trovarsi altre ragazze online con i miei consigli... no che cazzo dico!
Tutte le persone online sono e rimarranno mie.

Giorno 95 (30 Marzo 2020)

Ci ho pensato tutta la notte al discorso che ti snocciolavo ieri.
So che nella vita, prima o poi, arriva il momento in cui le devi lasciare andare, ma boh... proprio non me la sento. Mi ci sono affezionato e le vedo come se fossero tutte esclusivamente "mie e solo mie", che fanno solo ciò che chiedo io e...
Aspetta.
Ma che sto scrivendo...
Moltissime di loro mandano zozzerie a più di un mio profilo, senza però sapere che sono sempre io...
Ciò significa che potrebbe farlo chiunque, e io non avrei modo di saperlo!
Non so di chi fidarmi veramente o di chi no!
A meno che... con tutte quante io non provi...
Ho un'idea.
Devo provare.

Ok, sto cominciando l'opera con tutto il mio esercito di profili già pronti, ma credo che per questa operazione sia necessario chiamare le forze speciali e scongelare il mio miglior soldato.
Speriamo che sia l'uomo adatto per questa missione.

Giorno 96 (31 Marzo 2020)

Non ti dico la fatica che sto facendo guarda.

Credo che a breve mi verranno le crisi di personalità con tutte le personalità che sto interpretando (da ogni lato della proverbiale sponda e da tutte e due le parti, per verificare eventuali doppi giochi o tradimenti).

Non lo so nemmeno io che cazzo sto facendo, ma ti assicuro che il soldato perfetto Gian Profondo (che poi perché il cognome è Profondo? Non ricordo il riferimento... è passato troppo tempo) sta facendo letteralmente una strage!

Tutte le donne si piegano a lui e in tutti i sensi... o almeno tutte quelle a cui ha scritto.

Lei la sto lasciando per ultima.

Ho troppa paura di come potrebbe andare.

Ti prego Nicole, almeno tu non deludermi, ho davvero bisogno di te in questa vita per ricominciare... ed è con te che voglio ripartire da zero, ti prego.

Giorno 97 (1 Aprile 2020)

…

Io… vorrei che tutto ciò che segue fosse un pesce d'Aprile…
Giuro, purtroppo non lo è… ho davvero combinato un casino… il più
brutto e grave che mi sia mai capitato… "Capitato" è il termine
sbagliato, perché ho davvero fatto tutto io… non avrei mai dovuto
cominciare questa stronzata dei profili falsi!
Soprattutto avrei dovuto fermarmi finché ero in tempo (come hai
cercato tu stesso di convincermi a fare) e io stupido non ti ho dato
retta…
Non riesco a spiegarti cos'è successo… per cui ti incollo le varie chat
in questione e…
Senti, vaffanculo a tutti.
Che il virus mi prenda ora.

[Gian Profondo, 26 anni, Milano]

"Ciao! Mi chiamo Giovanni, ma potete chiamarmi Gian :)

Amo i viaggi e la fotografia professionale.

Ho un'azienda di casting in cui mi occupo di provini per sfilate e
pubblicità.

Se ti va di vedere qualche foto dei miei viaggi mi trovi su ij
gian.profondo94"

#foto #viaggi #avventure #fugheromantiche #moda

CHAT

Tu: Ehi ciao, non so se hai letto, ma sto cercando delle nuove figure
professionali per posare e guardando le tue foto sono rimasto senza
parole, saresti interessata ad una carriera modella?

Robin: Prendi per il culo?

Tu: Certo che no

Robin: Sparisci

Robin ti ha bloccato

[Valentino Legge, 25 anni, Milano]

"Sono qui per ricominciare dopo che ho perso tutto, chiedo scusa in anticipo, ma non sono bravo in queste cose... lavoro come chirurgo e amo le moto."

#moto #medicina #foto #sushi #libri #gatti

CHAT
Tu: Ciao, spero di non disturbarti...

Robin: Ok

Tu: Davvero non voglio...

Robin: Allora non farlo.

[Filippo Tenga, 27 anni, Milano]

"Ehiii ciao a tutti sono nuovo e pronto a fare tantissime nuove conoscenze! Sono super aperto e così tanto solare che parlando con me vi abbronzerete!."

#comicità #uscire #cinema #gilez #pizza #mare

Tu: Ehiiii hai ago e filo?

Robin: Che?

Tu: Beh, per attaccare bottone!

Robin ti ha bloccato

[Donato, 26 anni, Milano]

"Ciao! Sono qui solo per fare nuove amicizie virtuali in questo brutto momento storico. Rimaniamo a casa che insieme ce la faremo!"

#pc #cenefuori #cani #barche #fumetti #green

CHAT

Tu: Ehi ciao, piacere Donato

Robin: Ehi ciao, io sono Robin

Tu: Come stai oggi?

Robin: Boh come tutti gli altri giorni chiusa in casa ahah te invece?

Tu: Ahahah eh anche io, non mi dispiace così tanto se proprio devo ammetterlo

Robin: Neanche a me ma shh ahah

Tu: Ti stai divertendo qui? Trovato qualcuno di interessante?

Robin: Mmmm insomma mi scrive un sacco di gente strana ahah ma credo che dopo oggi mi toglierò che qualcuno ho trovato

Tu: Uh è anche lui di Milano?

Robin: Beh si, non so di preciso dove, ma ha detto zona Navigli

Tu: Oddio quanto sono felice di sentirlo Nicole! *--*

Robin: Scusa?

Tu: Sono felice per te!

Robin: Nicole?

Hai bloccato Robin

Giorno 98 (2 Aprile 2020)

*"Non meriti neanche che io ti saluti sai? Ma dato che sono una
persona corretta credo sia giusto dirti esattamente quello che penso,
così che non passi per quel tuo cervelletto del cazzo che ti ritrovi di
scrivermi di nuovo.*
Non era molto che ci sentivamo è vero, ma per me eri importante.
*Importante non perché lo fossi per qualcosa che avevi fatto, ma per
l'assurda idea di futuro che mi ero già sognata io come una cretina
che mi sono fidata di una testa di cazzo conosciuta online che era lì
evidentemente solo per scopare o per fare chissà che cosa nelle tue
assurde perversioni da nerdino fallito.*
*Sto davvero tremando mentre scrivo, perché per una volta, una sola
cazzo di volta nella mia vita avevo conosciuto qualcuno a cui non
importava del mio aspetto e che sembrava avesse un intero mondo
di esperienze e sogni da condividere con me, quanto mi sono
sbagliata.*
*Se ti scrivo tutto questo è per chiuderla definitivamente perché non
solo sai in cuor tuo che avrei tutte le ragioni, ma perché caro il mio
taccagno di merda ho anche le prove!*
*Ho controllato tutti i profili che mi hanno scritto, compreso il tuo Cisco
di merda, e ho notato una cosa in comune in tutte le foto, il nome in
semi trasparenza del programma gratuito che usi per modificare le
foto prese da internet! E non solo coglione, ho chiesto alle mie
amiche iscritte e ops, hanno tutte la foto del tuo miserabile cazzetto!
Io ora sarei davvero tentata di denunciarti, ma non lo farò perché in
cuor mio voglio sperare che tu abbia fatto tutto questo per un valido
motivo e che in fondo ci tenessi veramente a me come persona come
dicevi, perché per me eri davvero importante.*
Spero che tu sia felice bastardo.
Addio!"

Giorno 99 (3 Aprile 2020)

...

Giorno 100 (4 Aprile 2020)

...

Giorno 101 (5 Aprile 2020)

Cosa dovrei dirti?

Ho perso tutto ciò che avevo ricostruito… per aver cercato di avere troppo, ora ho perso tutto…
Si, la maggior parte delle ragazze mi sono rimaste e volendo mi basta un messaggio per avere da loro ciò che… non mi viene da scrivere "voglio"…
In questo momento non vorrei altro che poter tornare indietro… indietro non di anni (per poter in qualche modo salvare mio padre che ancora mi manca, ma che non mi sarebbe d'aiuto nella brutta situazione in cui mi sono cacciato), ma tornare indietro quel poco che basta per non cominciare a prendere per il culo ogni persona incontrata online spacciandomi per qualcuno che non sono e senza alcuna motivazione valida…
Che cosa ho ottenuto veramente?
Mi hanno solo intrattenuto qualche sera, aiutato con qualche orgasmo… tutta roba che può benissimo essere cancellata dalla mia mente e che neanche ricorderei…
Tutta spazzatura mentale assolutamente non necessaria, che ho sempre evitato e dove mi ci sono buttato a capofitto. Non ho avuto la pazienza di aspettare qualcuno che mi amasse per quello che sono e quando poi finalmente ho trovato qualcuno, sono stato capace di distruggere tutto…
Spiegami adesso perché dovrei continuare a vivere in questa situazione?

Non avevo motivi per vivere prima (quando non avevo niente) che motivi dovrei avere ora che sono riuscito a perdere anche quel poco che ero riuscito a trovare con tanta fatica?

Sono anche riuscito a rovinare il nostro centesimo giorno insieme... doveva essere ieri…
Sarebbe stato un nuovo traguardo per me… un qualcosa che portavo avanti per così tanto tempo…
Non lo so per quanto riuscirò ad andare avanti.

Giorno 103 (7 Aprile 2020)

Io… non sono proprio riuscito a scriverti ieri… è successa una cosa orribile e mi sento totalmente complice… avrei potuto fare di più forse… ma non l'ho fatto… perché nella vita devono succedere queste cose tremende?

JideonWan

Uomo, 16 anni, Latina

<Affido a voi queste parole, perché voi e solo voi mi siete stati vicini e non voglio assolutamente che possiate sentirvi in colpa per quanto potrà… per quanto accadrà.
Questo periodo di totale chiusura mi ha dato la prova finale che la mia felicità non è recuperabile… che il mio ambiente casalingo non lo è… voglio però che si sappia, per quanto possibile, che la colpa sia di quella grassona schifosa di mia zia che, per colpa non si sa di quale santo, ha avuto la fantastica idea di fare una videochiamata, come va tanto di moda ora, per "vedere" come stavamo e probabilmente raccontarlo a tutto il condominio composto sicuramente da altre oche giulive come lei.
Durante la chiamata la troia ha insistito ancora con le sue domande del cazzo sugli amici, sul come faccio ora che non posso più uscire il sabato sera, come faccio a vedere la fidanzatina… le ho urlato "STAI ZITTA PUTTANA"… mio padre d'istinto mi ha tirato uno schiaffo buttandomi a terra… molto bene, l'avete voluto voi.
Sicuramente ora avrete qualcosa di grosso da raccontare su di me, peccato per voi che sarà l'ultimo gossip sulla mia vita.
Grazie amici del forum per avermi ascoltato.

Ps: Non cercate di fermarmi, perché sarà già troppo tardi.>

… no… non siamo riusciti ad intervenire… gli altri amministratori hanno subito chiamato la polizia per… fare qualcosa… ma avevano troppi pochi elementi...
L'unico con cui sembrava parlasse ero io e… non ho potuto fare niente… sapevamo solo la città in cui abitava, un nome fittizio e

un'età... decisamente troppi pochi elementi da dare alle autorità e...
ora lui non ci sarà mai più....

Giorno 104 (8 Aprile 2020)

Abbiamo organizzato sul forum una specie di veglia virtuale per il giovane Jideon… da come parlava di noi credo proprio che avrebbe apprezzato questa iniziativa… Eravamo la sua famiglia, anche se da molto poco, o almeno era l'idea che dava…
Finalmente tra noi reietti virtuali diceva di aver trovato un posto in cui si sentiva a suo agio.

Non so che altro aggiungere per oggi, ma ti posso dire che i messaggi di condoglianze sono davvero moltissimi e vorrei tanto che lo sapesse.
Qualcuno teneva davvero a lui.

Giorno 105 (9 Aprile 2020)

Ok, mi sono decisamente ripreso da tutto e sono pronto a tornare in pista. Non posso stare a piangermi addosso per il resto della mia vita… soprattutto perché la situazione del virus pare che stia rientrando nelle divine grazie…
Già proprio ora che invece avrei bisogno di una chiusura totale in casa per tutti.
Ora più che mai!

Ti spiego.
In questi giorni (in cui sono stato decisamente molto più libero dalle chat ecc) ho avuto modo di leggere tante cose riguardanti la questione del virus ed ho trovato dei siti e vari canali social informazioni decisamente interessanti… alcune erano del tutto contraddittorie rispetto a come ci è sempre stata presentata la situazione.
Per farla breve ci sono molti gruppi di negazionisti che addirittura "negano" l'esistenza del virus o riducono la sua gravità come ad una semplice influenza stagionale, che miete ogni anno un sacco di anziane vittime silenziose, senza che nessuno se ne accorga.
La cosa che più mi ha colpito non è stata solo la presenza di informazioni, grafici, interviste varie ecc.. a sostegno di quanto scrivono, ma mi ha stupito moltissimo la quantità di persone che seguono ciò che dicono! La gente lo applica pure andando in giro senza mascherina (mascherina chirurgica che ora è obbligatoria per andare in giro e che loro chiamano "bavaglino") oppure circolando senza la fantomatica "autocertificazione" per gli spostamenti in quanto secondo loro sarebbe anticostituzionale e perciò…
Non sto a trascriverti tutto il discorso, che poi va a finire che ci credo anche io, ma il concetto di base è che un qualunque coglione che sappia aprire un blog è in grado di spingere la massa dove vuole…
Io sicuramente non la vorrei spingere verso le riaperture.

Ottimo. Ho avuto un'idea.

Ora siete tutti nel mio regno virtuale e vi assicuro che farò di tutto per non farvi mai più uscire!

Giorno 106 (10 Aprile 2020)

Forse il governo me ne sarà grato, ma sto creando un sacco di siti falsi con un sacco di bellissime notizie ritoccate ad hoc per ogni occasione.

Nel farlo sto riscoprendo la passione per il giornalismo che non ho mai avuto, ma sai com'è il primo passo per avere il potere sulla mente delle masse, è avere il controllo sui mezzi di comunicazione. Dato che non posso di certo appropriarmi di quelli ufficiali, posso solo creare delle false copie col solito stratagemma dell'indirizzo web leggermente diverso... certo che non se ne accorgono cioè hai presente la gente con cui parlo online? Non si accorgono che sono un trentenne obeso come fanno ad accorgersi che un sito si chiama "www.unogiornale.it"?... se neanche tu hai capito la differenza vuol dire che siamo a cavallo!

Questo espediente mi servirà nel caso qualcuno dovesse chiedermi di vederci... come risposta riceveranno un bellissimo e correttissimo articolo coi numeri dei contagi estremamente gonfiato...

Non puoi lamentarti con uno che ha paura di beccarsi un virus mortale e ti mostra anche le prove ufficiali no? Questo sistema garantirà al mio regno la sopravvivenza nei secoli dei secoli, ave me!

Giorno 107 (11 Aprile 2020)

Proprio come temevo.
Oggi ho scoperto che la città in Cina da cui parrebbe essere partito
tutto è uscita dal regime di restrizioni e stanno già tornando alla vita
normale…
Si, buon per loro, la cosa non mi tocca direttamente, ma speriamo
che l'Italia non la prenda in esempio.
Sono tornato a sentire attivamente le ragazze e… si, (tutte quelle che
mi sono rimaste fedeli dopo la guerra civile con… quella…) ho capito
che la strada che mi aspetta ora è fuori dai confini territoriali della
regione.
Per cui ho realizzato una decina di copie del profilo del
grand'ammiraglio Gian Profondo e li ho distribuiti localmente in tutta
la mia amata patria per pescare gnocca in tutto l'oceano virtuale a
mia disposizione…
Ho semplicemente sfalsato il GPS con un'applicazione. Niente di così
elaborato. Pensa che c'è gente che usa lo stesso metodo per
cacciare mostriciattoli virtuali in giro per il mondo per poi vantarsi… la
voglia che ha la gente di imbrogliare non ha limiti.

Giorno 108 (12 Aprile 2020)

Ti ricordi il tizio di cui ti parlavo tempo fa, che aveva annunciato alla gente che si sarebbero dovuti preparare a perdere i propri cari?
Beh, si è preso pure lui il virus ed è stato divorato dal popolo di Internet... gli auguravano il peggio...
Nono, giuro che io non ho fatto niente, ci mancherebbe, anzi ho addirittura scritto un articolo su di lui nei miei vari nuovi blog. L'ho innalzato addirittura a nuovo faro della verità sul virus! In pratica ho affermato e sostenuto che il virus è molto più pericoloso di quanto ci dicono e per cui assolutamente dobbiamo rimanere a casa e mandare le tette a Gian Profondo!
Non sono stato così letterale. Ok. Ma il senso intrinseco era quello.

Rileggendo i miei articoli sono stato decisamente buono, gli ho perfino fatto gli auguri di pronta guarigione, sottolineando ad eventuali commentatori (ovviamente ho aggiunto anche la possibilità di commentare, non c'è niente di meglio di una discussione da bar per formulare teorie fantascientifiche) che devono assolutamente astenersi da scrivere volgarità, insulti e soprattutto augurare la morte.
Anche perché penso che la morte sia una liberazione non una punizione.
Inoltre se fosse morto non avrebbe potuto leggere la valanga di meme che abbiamo fatto su di lui e che stanno andando alla grandissima...
Tu pensa a ciò che aveva detto lui stesso e alla situazione in cui poi si è ritrovato!
Sono certo che se l'è fatta sotto il caghetta eh?

Assolutamente gli auguro di stare meglio e di battersi per imporre ancora più restrizioni.
Restiamo a casa e tutto andrà meglio!

Giorno 109 (13 Aprile 2020)

Ogni giorno che passa sto sempre meglio, dai.
Con questo nuovo passatempo del giornalismo fake (fa figo scrivere fake news) e tante altre nuove sfide (tutte vinte ovviamente) nel campo del rimorchio nazionale (con i vari profili distribuiti nelle regioni) mi sento decisamente sollevato dalle vecchie questioni e pronto a ripartire...
Non so verso dove o cosa, diciamo che il mio intento ora è fare arrivare le mie notizie gonfiate a più persone possibili, così che magari arrivino a qualche pezzo grosso che ha il compito di decidere per tutti e dichiara chiusura totale, con sussidi per tutti per i prossimi cento anni yeeee...
Poi magari muoio prima, quindi cosa me ne frega di quello che succede dopo, l'importante per me è mantenere attiva la filiera online per i miei capricci quando vedo qualcosa che mi piace, per il resto i negozi e il resto possono anche morire tutti...
Ormai ci sono le criptovalute, le miniamo e siamo a posto.

Mi viene il dubbio però di aver leggermente passato certi limiti e devi credermi quando ti dico che in questo caso non lo faccio assolutamente per le tette o altro di questo genere...
Lo faccio perché...
Boh vedila come il voler finire una collezione.

Sta di fatto che al mio esercito di profili fake ho dovuto aggiungere un paio di elementi che andassero a colpire delle fasce d'età che un trentenne, giustamente oserei dire, per quanto figo, non può rimorchiare.

[Edoardo Bianco, Asti, 72 anni]

"Buon pomeriggio, sono in cerca di storie da sentire e storie da narrare."

#cantieri #balene #storia #barba #libri

In qualche modo dovevo pur agire per prendere quelle dai sessanta in sù... si, ne ho trovate anche di novanta (e a novanta)... l'obiettivo è

203

solo parlarci per averle nell'album... Nient'altro, lo giuro... anche perché la prima che ho rimorchiato aveva ottantatre anni e aveva le tette che sembravano due datteri...
Certo che mi ci sono... divertito sopra, ma non lo farò mai più! Almeno per oggi.

Giorno 113 (15 Aprile 2020)

Ho ufficialmente finito la mercanzia umana di tutta Italia!
Non me li sono fatti virtualmente tutti eh! Con tutti i vari profili (con cui ho diviso equamente le regioni) ho finito tutti i vari iscritti italiani!
Non sempre con successo eh, verissimo che c'è molta più apertura mentale in questo millennio, ma giustamente sui siti d'incontro in cui la gente si iscrive appositamente per fare porcate virtuali, c'è sempre il ribelle che si iscrive "solo per fare amicizia"... boh contenti loro, non sanno cosa si perdono.

Che poi... una cosa che non c'entra molto... ma non ho mai capito il motivo per cui quasi tutti scrivono nella descrizione che sono persone "solari"... cioè che minchia vuol dire? Sono abbronzate o vanno ad energia solare? Rimane un mistero di cui non... me ne frega un cazzo.

Puoi essere solare, puoi essere romantico, puoi essere come cazzo ti pare, ma qui comando io ora e si fa quello che dico io capito?
Nessuno può più fare una mossa sui siti di incontri perché non puoi non incappare in uno dei miei profili.
E una volta che ti becco ti faccio mio.

Ho decisamente dei deliri di onnipotenza, ma visto lo stato attuale delle cose direi proprio che me lo posso permettere.

Non ti ho aggiornato al riguardo eh?

Domani vedrò di mostrarti.

Giorno 114 (16 Aprile 2020)

Buongiorno, come promesso rieccomi per narrarti della più grande impresa che ho mai compiuto da quando sono nato. Un conto è dare alle persone ciò che vogliono quando cercano l'accoppiamento su internet, un altro conto e rifilargli delle cazzate madornali, con il solo obiettivo di spaventarli e farli chiudere mentalmente sempre di più.

Il gioco è molto semplice sai?
Partiamo dal fatto che creare un sito o un blog (ovviamente io fatto entrambi e con differenti nomi) è veramente un gioco da ragazzi, ma il resto è ancora più semplice. Mi basta prendere le notizie ufficiali e gonfiare esageratamente i numeri delle vittime e dei contagi.

Non è un comportamento del tutto disdicevole dai...diciamo che mi sto facendo dei nemici nel mondo del web e a breve credo che dovrò combattere contro il governo stesso... certo. Sono a conoscenza della mia esistenza, ma al momento il loro obiettivo è tenere la gente in casa, cosa che sta diventando sempre più ardua (si sente tutti i giorni di gente che prende multe per... essere uscita di casa...). Quindi per ora gli torno utile e non corro proprio rischio (ahahah)! Con le mie notizie, che sto facendo circolare grazie ai miei profili, spavento ancora di più le persone.i dirò anche di più... hai ragione, è molto meglio mostrartelo.

-Si sta avvicinando veramente la fine?-

"Mentre in Italia si cominciano a vedere i primi segnali di un rallentamento della curva epidemiologica, gli organismi europei chiedono sempre più attenzione da parte di tutti i cittadini ed ai rispettivi governi. Per evitare di tornare al punto di partenza, vanificando tutti i sacrifici fatti fino ad oggi. chiedendo addirittura di raddoppiare e triplicare le procedure di contenimento dei contagi quanto prima, dato che la situazione desta ancora molta preoccupazione.

Tutto ciò non fa altro che avvalorare la tesi che il virus è molto più pe/coloso di quanto ci viene detto, confermando la tesi che il Governo cerca di tenerci buoni con numeri dei contagi ridotti. Questo stratagemma serve per non creare panico e serve a far continuare a lavorare le categorie "essenziali", mettendo a rischio famiglie intere! Noi per questo fino all'ultimo vi chiediamo responsabilità. Per voi e per i vostri cari.
Dovete assolutamente evitare di uscire di casa per non e incontrare soggetti che potrebbero essere "asintomatici". In questo modo finireste per contagiare voi stessi e i vostri cari con questo virus mortale, senza che ve ne possiate nemmeno accorgere.
UNITI RESISTIAMO!
SI LAVORA PER VIVERE NON PER MORIRE!"

COMMENTI

Matteo: Assolutamente d'accordo!

Enrico: mah... ok la prudenza non è mai troppa...

Mattia: ci tengono calmi per non farci andare nel panico! La verità è che non sanno niente neanche loro e hanno finito i soldi per i loro dannati ristori che non sono mai arrivati!

Samuele: io sono stanco di questa situazione!

Gabriele: e quindi? Io sono in malattia e intendo restarci, tanto c'è il blocco dei licenziamenti non possono obbligarmi ad andare a morire in fabbrica!

Andrea: Vaffanculo io voglio uscireeee

Edoardo: Rispondendo al commento qui sopra di me, caro Andrea, ma ce la fai? Non senti le notizie di tutte quelle persone morte? Devi uscire per cosa? Per dove? La gente muore in strada quasi e tu vuoi uscire? Fai proprio pena lasciatelo dire...

Filippo: Andrea, solo una cosa ci viene chiesta e cioè stare a casa e tu non ci riesci? Sei veramente un coglione!

207

Alice: Rispondendo all'utente <u>Andrea</u>, io sono bloccata a casa lontana dalla mia famiglia e dal ragazzo dei miei sogni per colpa delle teste di cazzo come te che escono e vanno a contagiare i poveri innocenti!

<u>carica altri commenti</u>

In tutto questo sai qual è la cosa più bella Federico?
Non sono nessuno di quei commentatori!
Ammetto perché all'inizio mi creavo dei profili falsi pure sui siti per fomentare le folle con i commenti, ma ora non è più necessario perché, come puoi ben vedere, fanno tutto da soli!
L'unica cosa che faccio io è copiare le notizie e renderle più tragiche possibili, farcendole poi con una frase finale che punta a spaventare ancora di più questa banda di creduloni senza spina dorsale...
Sono troppo cattivo?
Ok, li chiamerò semplicemente... i miei sudditi.

Ogni giorno che passa gli accessi si moltiplicano. All'inizio ovviamente il raggio di azione era estremamente limitato, a causa della bassissima indicizzazione (dato che si trattava di siti nuovi), ma spammando nelle varie chat direttamente i link delle notizie come argomento di conversazione...
Certo che funziona e come vedi gli utenti sono per la maggior parte uomini, perché è nella loro natura buttarsi nella mischia per sembrare il maschio alfa... ridicoli... solo perché una bionda tettona gli gira un link...
Questi si iscrivono alle newsletter, commentano tutti i giorni nella speranza di vedere mezzo capezzolo...
Si, sono io a prometterglielo e alla fine glielo concedo pure (ai cagnolini un biscottino lo devi pur dare ogni tanto sai), ma come ti stavo dicendo, la cosa migliore è l'ingresso di nuovi utenti che assolutamente non c'entrano niente con me! Questo vuol dire che i miei siti stanno crescendo d'importanza e affidabilità...
Ho creato anche qualche social ovviamente, sai per avvicinarmi ai più giovani, che sono la categoria più a rischio... più a rischio di uscire di casa.

Mi dispiace unicamente di essere solo su questo trono.

Giorno 115 (17 Aprile 2020)

Questa mattina... ok, questo pomeriggio come vuoi tu... Vabbè. Mi sono svegliato trovando l'ennesimo attacco dei negazionisti del virus sulle mie pagine... certo che non hanno proprio niente da fare questi.

Mi accusano di spaventare la gente portandola a non infrangere la legge... non capisco come possa essere un'offesa onestamente. Per fortuna il mio esercito li ha prontamente cacciati via, distruggendo ogni loro cazzata basata sul fatto che siamo troppi in questo mondo e che il 5G ci ucciderà tutti... ma perché non si estinguono questi?

Sto man mano bannando tutti i loro profili principali per evitare scontri troppo forti, non vorrei mai che riuscissero a portarmi via dei sudditi obbedienti con le loro idee assurde...
Le mie idee non sono assurde invece, sono solo un pochino più eccessive e di base servono solo a fare scopate virtuali...
Si, anche con gli uomini, contento?
Credo di essere bisessuale... no, semplicemente scopo virtualmente fingendomi donna.
Amo essere desiderato.

Non è così difficile quando sei donna, perché come sai... gli uomini sono già lì col cazzo in mano pronti a segarsi non appena ti mettono un cuore... che pena già.
Nel momento in cui comincia la conversazione con uno dei miei profili donna (conversazioni che eviterò di mostrarti perché sono veramente vietate ai minori di trent'anni), subito chiedono delle foto per "verificare" che tu sia tu chiedendoti di metterti in varie pose pensate al momento...
Ti chiederai come faccio a soddisfare tali richieste imprevedibili.
Usando uno dei miei profili maschili, rigiro la domanda al mio gregge senza confini di amanti donne, che subito provvedono a inviarmi il materiale richiesto... aiutandomi così per la scopata virtuale... gay?
Bisex? Transessuale?
Che importa?
L'amore è amore.

Non chiedermi se sono felice, perché proprio non saprei risponderti.
Sono solo spento, come lo ero mesi fa.
Con la differenza che non è più questione di un interruttore da premere, ma di una spina che ora è totalmente staccata.

Giorno 116 (18 Aprile 2020)

Vorrei poterti dire che mi manca il casino qui sotto del sabato sera... ma ti mentirei, non è assolutamente così. Questo silenzio irreale è musica per le mie orecchie.

Una cosa che però non riesco proprio a capire, sono le lamentele dei ragazzi (ora che le scuole sono chiuse per l'emergenza sanitaria) riguardanti il fatto che tutte le lezioni sono tenute in "DAD"... è un acronimo che sta per "didattica a distanza"... si wow! Hanno scoperto il futuro finalmente... Vabbè, ancora ancora posso comprendere le lamentele i genitori che non sanno dove infilare i propri figli nel caso debbano lavorare.
Però che un ragazzo di sedici anni faccia una menata perché gli manca alzarsi tutti i giorni quando il sole non è ancora sorto per essere costretto a rimanere seduto per ore ad ascoltare programmi vecchi e inutili su un banco che va a pezzi (dovrebbero rinnovarli, magari mettendo le ruote che dici?... già, una vera minchiata) lo trovo veramente ridicolo.
Quasi quasi ci scrivo un articolo sopra... allego il video originale della lamentela all'articolo... sotto scrivo che un ragazzo non direbbe mai niente del genere di sua spontanea volontà... e via a denunciare il complotto per convincerci a stare più tranquilli e pronti a tornare alla vita per morire yeee.

Non ho neanche bisogno più di tanto di ricorrere alla fantasia per i miei articoli, certe persone mi serve le stronzate su un piatto d'argento.

Giorno 117 (19 Aprile 2020)

Questa situazione del virus non durerà in eterno lo so, non può durare in eterno e non dovrebbe neanche, è vero.

Però per la prima volta nella mia vita mi sento veramente a mio agio nei miei panni di questo personaggio recluso. Ora sono loro che vengono nel mio mondo virtuale, un territorio che io conosco fin troppo bene, di cui sono io il Re. Farò quindi in modo che i miei sudditi non scappino... serve solo una dimostrazione di forza... tipo attaccando i regni rivali... Posso scegliere tra i negazionisti (che però ormai hanno numeri di seguaci più bassi dei miei) e... il governo... punto troppo in alto? Credo invece di potercela fare, ormai ho superato i centomila seguaci e... stupito?

Caro mio, migliaia di loro sono solo tutti quelli che mi sbatto nel web (ambo le sponde), che, come brave pecorelle, sono andate a diffondere il verbo tra i loro conoscenti...

Un piano perfetto che è andato ben oltre le mie aspettative... io volevo solo segarmi in pace e ora sto per fare un colpo di stato!

Devo però ammettere che quasi quasi ogni tanto ci credo pure agli articoli che scrivo...

C'è sempre un fondo di verità eh, le notizie le prendo altrove... altri giornali e magari sui social... diciamo che prendo spunto e poi aggiungo qualcosa di mio per rendere le cose più interessanti per il mio favoloso pubblico.

Tra gli articoli che ho pubblicato c'è nè uno che mi ha fatto fare veramente il record di visualizzazioni e che tutt'ora macina commenti...

Il problema è che più lo leggo e più mi convinco che tutto quello che sto facendo non sia solo per tenere la gente in casa o essere potente... ma che sia veramente per un qualcosa di più importante.

-Questo pianeta non ci appartiene-

"Mi rivolgo a voi tutti con questa riflessione, che spero possa essere da tutti compresa e almeno in parte condivisa.
Si dice che la Terra sia la culla della nostra specie, ma che non sarà la sua tomba poiché, con il progresso scientifico che sta facendo

passi sempre più grandi, ci ritroveremo a doverla abbandonare. Non sarà infatti più abitabile a causa della nostra ingordigia e profonda convinzione di essere la specie dominante.

Vi sentite ancora così tanto superiori in questo momento? Un nemico invisibile e dalla natura incerta è apparso all'improvviso e ci sta sterminando senza pietà!

Qual è la nostra risposta con tutta l'incredibile intelligenza di cui siamo dotati?

Assolutamente nessuna, com'è giusto che sia, in quanto in realtà siamo solo degli ospiti in questo Mondo che sempre più ci sta rigettando.

Avete sicuramente visto le immagini del ritorno di specie animali e vegetali in luoghi che erano completamente in mano nostra, come vi fa sentire tutto questo?

Andreste nuovamente a cacciare via quei branchi di delfini che sono semplicemente tornati nei territori che erano loro?

Ovviamente no, perché voi siete superiori rispetto ai nostri antenati, che erano convinti di avere il potere di decidere cosa vive o cosa muore oppure cosa è cibo e cosa non lo è.

Non voglio però basare il discorso unicamente sul benessere di animali e piante dei quali ad alcuni non fregherà niente.

Voglio ampliarlo includendo anche dei dati che includono la specie umana e che potete benissimo andare a reperire ovunque nel caso non vi fidaste di me... perché è così che dovreste fare!

Diffidate sempre di tutto e cercate di farvi una vostra opinione!

Per cui ora vi propongo solo un paio di riflessioni su:

- qualità dell'aria decisamente migliorata con miliardi di veicoli a benzina che non si muovono più;

- maggior tempo a disposizione per le nostre vite, con l'introduzione del lavoro a distanza, che ci permette di evitare di perdere ore preziose ogni giorno per raggiungere gli uffici;

- risparmio incredibile di risorse naturali ed economiche rimanendo a casa, in quanto non si eccede più con la spesa (riuscendo a consumarla tutta) scoprendo le proprie reali necessità alimentari evitando acquisti superflui.

Questi per me sono i punti più importanti e non solo a causa del virus, ma per colpa del genere umano come specie infestante di questo mondo!
Ora che abbiamo trovato il nostro posto sicuro tra le mura di casa e dobbiamo mantenerlo per poter dare un futuro sostenibile e consapevole a noi e alle generazioni future!

COMMENTI

Anna: … sto cercando qualcosa per replicare, ma il tuo discorso fila troppo… non lo riesco a condividere appieno perché mi manca la mia vita prima… però non hai assolutamente torto.

Fabrizio: Sempre detto che siamo un cancro

XCamilla: E quindi dovremmo vivere come reclusi? Che vita sarebbe? Dobbiamo solo imparare ad essere più responsabili!**X**

Greta: Non avrei saputo dirlo meglio.

Carlo: Anche l'inquinamento acustico sparito del tutto non è male!

carica altri commenti

Tu riusciresti a replicare totalmente a queste parole?... Camilla ci ha provato, ma per sua sfortuna ha scritto quando ero online ed ho subito eliminato il suo commento sovversivo…
Non che lo temessi, sia chiaro, forse volevo solo salvarla dalla gogna sociale che aspetta chiunque non sia d'accordo con me.
Come sono magnanimo.

Giorno 118 (20 Aprile 2020)

Credo di aver perso completamente di vista l'obiettivo... Perché continuo a scriverti Federico?
Ti scrivo sempre e comunque, ciondolando lentamente con la testa, per colpa della stanchezza di esser stato tutto il giorno davanti al pc a scrivere articoli falsi, facendo centinaia di copia e incolla coi miei...
Ah si, ho comprato altri cinque telefoni... i soldi non mi sono mai mancati e il sito principale ha un angolo donazioni per le vittime del virus... e io sono una vittima...
Sono rinchiuso da una vita per colpa loro... questi bastardi piagnucoloni, che da neanche un mese se ne stanno a lavorare comodamente da casa in "smart working"... dire banalmente "lavorare da remoto" non era un termine abbastanza cool...
Ovviamente ho già scritto un articolo a riguardo che è tutta propaganda per... qualcosa.

Cosa sto facendo Federico?

Giorno 119 (21 Aprile 2020)

Non appena ho annunciato l'attacco alle istituzioni la folla è impazzita e siamo schizzati a oltre centocinquantamila iscritti totali!
Non ho specificato che tipo di attacco, mica vado a Roma a farmi saltare in aria, credo di tenerci alla mia vita. Comunque non so neanche se i treni vanno ora... si, mi fermerebbe prima l'amichevole pattuglia che ho perennemente sotto casa... fanno solo il loro dovere, mica mi lamento, anzi prima... prima...
Così poco tempo è passato da quando è iniziata questa situazione assurda. Definiamo gli eventi come "prima" e "dopo" il virus... ha un certo fascino visto così... come un momento storico...
Comunque, dicevo, gli amici poliziotti ai tempi intervenivano solo se quelli qua sotto facevano troppo casino, tutto qui.

Credo che scriverò un articolo anche su di loro. Pensaci un attimo, loro devono fermare qualunque persona che vedono in giro, per cui mettono a rischio la loro incolumità ogni secondo che passa!
La loro e quella della loro famiglia, perché se dovessero prendere il virus poi lo... aspetta... ma questa è la realtà o una delle mie stronzate propagandistiche?

Non importa.
Vado a dormire.
Domani saremo in guerra.

Giorno 120 (22 Aprile 2020)

La mia dichiarazione di guerra si è tradotta in una mail minatoria nei confronti di tutti i politici.
Una robetta semplice ed efficace, che ha il solo scopo di spaventarli per le conseguenze che ci sarebbero se non aumentassero le restrizioni...
Sono super tranquillo al riguardo.
Ho usato una mail falsa collegata al sito, quindi non rintracciabile direttamente... come se avessero il tempo o la voglia di stare dietro a tutte le minacce che ricevono ogni giorno, dai vari leoni da tastiera che si nascondono dietro uno schermo, celando la propria identità...

ma perché ogni volta che cerco di insultare qualcuno che usa il computer finisco con l'insultare me stesso?

Fidati che andrà bene.
Ormai ho un esercito di oltre un milione di seguaci attivi che sono pronti a reazioni non violente...
Ho scritto un articolo in cui minaccio bellamente di smettere di pagare ogni possibile tassa... certamente io da solo non spaventerei nessuno, ma se lo facesse anche solo la metà della mia legione... sarebbe decisamente più pesante come cosa.
Da solo non conto niente, ma tutti insieme... nessuno ci può fermare!

Arrivati a certi numeri potrei anche fondare un movimento politico.
Tanto a mandare a fanculo la gente sono già un esperto e qualche milione di voti lo prenderei...
Devo solo aumentare la mia influenza... strano dirlo in questo periodo, hai ragione, ma era per rendere l'idea.

Dovrei provare a mostrarmi al mondo per quello che sono veramente? Oppure devo continuare a vivere nell'anonimato virtuale, senza poter mai raccogliere ciò che ho seminato?

Credo sia arrivato il momento di alzare la posta in palio e realizzare veramente qualcosa che lascerà il segno nella storia.

Nessuno poi potrà mai dimenticarsi di me.

Giorno 121 (23 Aprile 2020)

"A mali estremi, estremi rimedi".
In questo caso il problema è che hanno completamente ignorato le mie minacce via mail... forse non le hanno neanche lette, chi può dirlo.

Dato però che il mio popolo necessita della prova di forza che gli avevo promesso, ho dovuto decisamente toccare il fondo, mettendo a rischio il mio mondo e la copertura che mi sono creato con i profili falsi.

I politici, per quanto nell'immaginario collettivo siano visti come essere ancestrali ben piazzati sulle loro poltrone (invece che sulle nuvole), sono in realtà delle semplici persone... sanguinano esattamente come me...
Non voglio assolutamente minacciare un attacco fisico non ti preoccupare, non ne avrei i mezzi e neanche le forze direi... ma questo loro non lo sanno...
Credo che aggiungerò questo piccolo paragrafo alla minaccia più grande che un politico possa temere: uno scandalo.
In quanto uomini (e ovviamente donne) anche loro non sono estranei dai desideri carnali...
Beh si, forse anche molto peggio di noi (con le varie nipoti di altri capi politici...), comunque sta di fatto che anche loro hanno sicuramente cercato l'accoppiamento online e... sorpresa delle sorprese, sono ovviamente incappati in qualche "me" virtuale!

Dispongo attualmente di informazioni e immagini compromettenti di oltre sessanta soggetti politici, tutta roba ovviamente ottenuta con l'inganno e (fortunatamente per loro) non intendo ricattarli per soldi come succede di solito. Saranno minacciati se non appoggeranno le mie idee sul prolungamento delle chiusure.
Tanto non gli costa niente, quindi non credo che arrivino a denunciarmi o altro, solo per esprimere un'opinione che non danneggerebbe nessuno e in cambio della salvaguardia del loro bellissimo matrimonio.
Direi anche della loro fantastica carriera politica, ma è secondario

Credo di essere diventata una delle persone più potenti d'Italia.

Giorno 122 (24 Aprile 2020)

Credo che oltreoceano ci sia un mio corrispettivo. Non posso credere che l'idea di iniettarsi disinfettante nelle vene per uccidere il virus, sia stata partorita così genuinamente da... sembra una di quelle scommesse assurde, che vedi nei film americani ambientati nelle confraternite...

Si Federico, anche a me mancavano questi semplici discorsi di attualità con te, solo che ormai il mio tempo e la mia mente sono totalmente devoluti alla mia causa e non posso mollare di un centimetro ora che sono finalmente qualcuno... sono uno... o nessuno?... sono almeno cento persone in realtà e già solo questo basterebbe a creare scompiglio, ma tu immagina cosa posso fare con oltre due milioni di seguaci!

Come se l'intera Milano mi seguisse pendendo dalle mie labbra virtuali.

Potrei affacciarmi dalla finestra dietro di te, urlare e tutti mi sentirebbero, ma nessuno mi ascolterebbe. Invece se parlo attraverso questa finestra virtuale... l'intera nazione mi ascolta!

Come previsto i miei amichetti politici (che ho scoperto alla fine essere più di ottanta), si sono piegati al mio volere, garantendomi il loro appoggio quando si tratterà di votare riguardo le riaperture... Nessuno si è fatto male come hai potuto vedere, anzi sono addirittura corsi a piagnucolare dal loro consorte, dato che hanno perso la voglia di farsi scopare virtualmente da me... peggio per loro, tanto mi sto facendo anche i vostri rispettivi compagni.

Giorno 123 (25 Aprile 2020)

A quanto sto sentendo in giro, il mio piano non sta esattamente funzionando...

Forse ho troppi pochi politici sotto scacco, o forse non ho beccato nessuno di importante... neanche un ministro dannazione, solo un paio di sottoposti vari... non so esattamente che cazzo facciano, forse gli assessori boh... se li paghiamo a qualcosa serviranno. Comunque le discussioni sulle riaperture stanno continuando e sono fin troppo ottimistiche, per questo devo intervenire con ancora più forza prima che sia troppo tardi... userò il mio intero esercito questa volta.

Non sono solo in questa guerra.

Ps: giusto per scaramanzia, buona festa della Liberazione... sperando che sia di buon auspicio anche per la mia libertà, che sto rischiando sempre di più.

Giorno 124 (26 Aprile 2020)

Molto bene.
Avete voluto il gioco duro, sarete accontentati razza di bastardi!

Hanno confermato oggi, con la classica diretta in ritardo (come se avessero altro da fare) che si ripartirà con le riaperture tra una settimana circa e, nel giro di neanche un mese, si tornerà praticamente alla normalità!

Non posso permettergli di portare via il mio regno, li distruggerò ora, l'intero paese sarà mio e dovranno fare ciò che dico io!

-Si vuole riaprire ammettendo di morire!-

"Gentili lettori delle nostre notizie,
come ben sapete questo sito, con tutto il suo insieme di canali social
e forum, nasce con l'intento di portarvi le notizie ufficiali che ben
potete leggere altrove, ma dandovi anche quella piccola spinta di
riflessione per cogliere il vero significato delle cose.
Oggi abbiamo avuto l'ennesima conferma che è tutta una questione
di soldi, soldi che non ci sono o che non ci vogliono dare, non ci è
dato sapere.
Hanno millantato dei risultati che dire che sono dubbi è dire poco.
Utilizzando termini assurdi come "congiunti" e molti altri, rifilando poi
la promessa di FAQ in cui avrebbero spiegato bene la situazione nel
caso non fosse stata recepita a dovere da noi essere inferiori.
Il momento di dire basta è ora arrivato!
Hanno schierato l'esercito per pattugliare le strade e tenerci in casa
come se fossimo dei bambini bisognosi di controllo 24 ore su 24.
Hanno speso quindi milioni di soldi pubblici, che avrebbero potuto
darci per vivere al sicuro per chissà quanti mesi! Adesso che i soldi
sono finiti ci vogliono costringere a tornare a lavorare, nonostante la
situazione sia tutt'altro che finita! Questo non lo diciamo di certo noi,
lo dicono loro! Parola per parola!
Ci saranno dei morti, ci saranno dei fallimenti economici dati dalla
situazione, ma dovete riaprire e in sicurezza con delle regole dettate
da loro. Impongono ai commercianti, già in ginocchio per le chiusure,

di pagare di tasca loro per adeguare i locali a tutte le loro normative (che non hanno certezza siano efficaci) solo per tornare a far girare l'economia quel tanto che basta per pagarsi i loro stipendi e avere una scusa per non darvi i ristori promessi... ormai tutto tornerà a funzionare!

A voi sta bene essere carne da macello per i loro sporchi interessi economici? Volete vivere al sicuro con i soldi che avete guadagnato con fatica e versato in assurde tasse o volete tornare a consumare mettendo a rischio voi e le vostre famiglie?

Non solo vi chiedo per l'ennesima volta di non uscire di casa e di rimanere al sicuro. Questa volta chiedo a tutti voi, legione di oltre 2 milioni e mezzo di persone, di smettere immediatamente di pagare qualsiasi tassa o costo fisso imposto!

Basta IMU, basta TASI, TARI, canone illegittimo da anni e tutto ciò che non sia un pagamento per avere in cambio qualcosa di effettivamente tangibile!

Vi diciamo anche di più! Avete presente la classica bolletta della luce? Lo sapete che è praticamente un costo fisso dato dalle sole tasse e che il vostro consumo è solo una percentuale del totale? Informatevi e versate solo quanto avete effettivamente consumato!

Se questa strada della non violenza non dovesse funzionare prenderemo altri provvedimenti. Insieme, uniti."

COMMENTI

Domenico: cazzo se hai ragione! Ribelliamoci ora!

Sveva: il tuo ragionamento non fa una piega... valuterò.

Mirko: è ora di darci un taglio e far vedere a questi bastardi che le nostre vite valgono!

Dario: non credete che sia così semplice... o lo facciamo tutti o non lo fa nessuno.

Tommaso: vivere o morire... a noi la scelta!

Erika: siamo con te!

Chiara: riprendiamoci il nostro diritto alla vita!

carica altri commenti

I commenti sono migliaia e tutti dalla mia parte… anche perché elimino quelli contrari. Non è il momento di scatenare risse virtuali, la gente deve focalizzarsi sull'unico obiettivo di comprendere e abbracciare la mia… nostra causa.

O sei con noi o sei contro di noi.

Giorno 125 (27 Aprile 2020)

Sono finito sui giornali.
Su quelli veri intendo, non come il mio... cioè parlano del sito, non di me direttamente per fortuna. L'anonimato è ancora dalla mia parte per il momento e devo stare molto attento a non uscirne o sono rovinato... dovrei cominciare a cancellare qualcosa di tutto il puttanaio che ho creato in questi mesi e che non mi serve più... ad esempio potrei cancellare il mio primo profilo per rimorchiare, non è mai servito proprio a un cazzo e che avrei dovuto eliminare il giorno stesso.

In qualche modo però mi consola il fatto che a quanto pare non sono l'unico stronzo che pubblica certe cose...
Cioè ok, faccio una leggera disinformazione... ma solo per tutelare le persone a me vicine, mica per altri motivi... non metto a rischio la vita di nessuno, anzi.
Forse la salvo pure la vita a qualcuno. Non capisco perché mettermi contro una task force... Credo abbiano creato una squadra apposta per decidere cosa può essere pubblicato e cosa no... molto dittatoriale se si può dire. Si può dire? L'ho detto.

Come dovrei rispondere all'attacco se questi mi trovano? Tirando l'olio della friggitrice ad aria dalla finestra? Fingendomi morto e mostrando le parti intime usurate in segno di sottomissione?
Devo sperare che arrivi quel figo in bicicletta che combatte gli spacciatori invece che i carri armati.

Me la sto facendo sotto, lo ammetto.

Giorno 127 (29 Aprile 2020)

Ho provato a rimanere offline per un giorno intero, ma invece che calmare le acque le ho involontariamente agitate ancora di più...
Il mio popolo delle meraviglie ha preso le mie difese dappertutto, diffondendo i miei articoli ovunque e dichiarando che ero stato catturato...
Ma perché?
Può succedere una cosa del genere?

Prima combattevo per avere più seguaci e quindi più potere.
Ora ne ho quasi due milioni... e non mi sono mai sentito così debole e indifeso.

Giorno 128 (30 Aprile 2020)

Ormai è finita Federico, è finita per me ed è finita per te.

Non ho più alcun accesso ai miei profili e ai miei indirizzi mail in generale.
Mi hanno bloccato tutto.

Il mio favoloso impero del rimorchio virtuale è terminato nel peggiore dei modi, ma credo che sia finita qui sai?

Perché se sono riusciti a bloccare praticamente ogni mio indirizzo mail, vuol dire che sanno chi sono e dove sono, ma soprattutto sanno cos'ho fatto e non credo che ne siano tanto felici.

Non parlo dei profili per rimorchiare idiota ahah... parlo di tutti i canali che ho creato per la diffusione di notizie false... Forse sono molti di più di quelli che ti ho detto... forse non ti ho detto che ho scritto che stavo preparando un assalto armato e che ero pieno di armi... cosa assolutamente non vera.
Ma ormai non sono più vero io stesso.

Non ho neanche potuto dire addio ai miei amici... intendo amici e amiche con cui ho stretto un vero legame sai?
Non quella valanga di persone ipocrite e false che mi scopavo virtualmente per il solo gusto di farlo... persone vuote... false come me si, è vero. A differenza loro io ho dovuto fingere per farmi apprezzare e ho dovuto agire in questo modo per poter rimanere il più a lungo possibile nelle loro vite, senza che il mio sistema perfetto finisse.

Perché era ovvio che prima o poi sarebbe finita, non poteva durare per sempre... anche se per qualche momento ci ho creduto e sperato. Forse sono riuscito a far durare le chiusure qualche tempo in più del dovuto.
Chi lo sa.

Sai una cosa? Sto provando una sensazione che non provavo da tanto tempo. La paura...

Non sono in pace con me stesso, affatto, anzi sono praticamente deciso a farla finita e saltare giù da quella finestra che mi ha sempre tormentato... ogni giorno mi mostrava tutta la felicità che mi era negata e da cui adesso sobbalzo ad ogni strano movimento che sento.

Perché me ne sono accorto.
Potrete anche avere le sirene spente, ma cazzo qui non è carrabile e le sento le mille macchine e carri armati che avete mandato!
Non potrete di certe avere me, perché non accetterò assolutamente di fare una fine così miserabile.
Tutti voi saprete il mio nome e non mi prenderete vivo potete starne cer

RINGRAZIAMENTI

E ora qui sono cavoli...
La lista è veramente stra lunga e spero di non dimenticare nessuno, ma mal che vada lo aggiungo nelle edizioni successive, quindi comprate subito, che magari un giorno l'edizione coi ringraziamenti completi varrà milioni! Cercherò di andare in ordine alfabetico per non fare torto a nessuno... circa...
Nah. Vado a caso, tanto leggeranno solo loro questa parte.

Nela Manny Manu (Emanuela): A lei va il ringraziamento più grande. Apparsa all'improvviso nelle mie dirette Instagram, alla ricerca di spillette Pokèmon, afferma di conoscermi da mesi, ma io ancora oggi non me la ricordo. Solo per causa/merito suo (e della sua infinita pazienza), che in questo libro non ci sono quasi più errori e ci sono le virgole e i punti. Sto combattendo tutt'ora per eliminare le maiuscole e i due punti che cerca di infilare ovunque.
Senza di lei non sarei qui a scrivere (anche perché è il ringraziamento a lei, quindi senza di lei non lo scriverei).
Mi raccomando di passare per la biblioteca (dicono che è un posto in cui ci sono tanti libri e dvd, boh, mai entrato) di Carugate e spendete soldi (... o sono gratuiti lì? Va beh, allora fate la tessera e noleggiate).
Ps: Ha corretto pure questo.

Dede (the.real.dede, Moderno Dandy, Dede 2.05): A lui va il ringraziamento più grande. Il rapper più famoso, alto, carismatico, essenziale, certosino, mangiatore che abbia mai conosciuto (nonché l'unico) con cui ho dovuto litigare per la canzone (che avrete sicuramente già sentito) senza riferimenti ad una ragazza, cioè voi che ne avreste pensato? Oltre tutto questo è l'unico pirla che ancora gioca con me a Yu Gi Oh perdendo clamorosamente (tanto qui non può replicare).

Simone (Ludicolo, Sassologo, il dandy bergamaschio): A lui va il ringraziamento più grande. Il mio consulente sulle cose da giovani Mi piacerebbe scrivere che lo conosco da quando è "alto così", ma era più alto di me già a 14 anni. Con la sua cultura dei social sono riuscito ad inserire elementi più simpatici. Questo libro non serve altro che trovare una scusa per vederci che l'infame mi evita da anni.

Mirinana (Miriana, la responsabile social): A lei va il ringraziamento più grande. Una delle prime lettrici che è riuscita a sorbirselo per ben due volte (senza però segnalare alcun errore, il che mi fa dubitare lo abbia letto davvero. Ma ehi, è adorabile e a noi questo basta, no?).

#SuperGoggio: A lui va il ringraziamento più grande. Il sex-symbol del secolo. Colui che non solo col suo fisico (che potete trovare su OnlyFans), ma anche con la sua saggezza popolare, mi ha aiutato a capire che me ne devo sbattere brutalmente i maroni di tanti esseri.

PoGoMi: A loro va il ringraziamento più grande. Per la loro incredibile organizzazione senza rivali che mi ha permesso di aprire la mia prima azienda (fallita in teoria ma vabbè) e che tutt'ora mi regala gioia per avermi dato il potere di bannare chi bara a Pokémon Go.

PoGoBo: A loro va il ringraziamento più grande. Per elencare uno per uno i componenti di questa associazione a delinquere dovrei scrivere un altro libro, per cui semplicemente viva Jason (che non è uno pseudonimo… "aimè") e Ilaria, la mia incredibile compagna di dirette ed esperta di materiali.

HEISENBERG24: A lui va il ringraziamento più grande. Come ladra ai tornei di Pokémon Go ora lo troviamo a ladrare anche qui un posto nei ringraziamenti. È per merito suo se la mia azienda ha retto tanto (nonostante la fine del mondo).

Henry (detto l'infame): A lui va il ringraziamento più grande. Infamone che diceva di essere un lettore multimediale e poi non lo ha neanche aperto, che sia ricordato in eterno per la sua infamia. Andrò a portarglielo fisicamente quanto prima in cambio di biscotti.

Ila Traghetta (Algeroli, la bionda di Lario): A lei va il ringraziamento più grande. Musa ispiratrice di altre trame (che forse vedrete un giorno) e senza la quale difficilmente sarei come sono ora... No cazzate, semplicemente si subisce le mie telefonate che durano ore (quasi ogni giorno) quindi in parte è colpa sua se siete qui. Abbiamo una mamma in comune.

Marco (Anonimo789): A lui va il ringraziamento più grande. Un personaggio che è entrato nella mia vita un acquisto alla volta, finendo per conquistare il mio cuore <3 Da grande voglio essere come lui (lui ha la barba a differenza mia...)

Phoebus (nato Simone, l'eterno): A lui va il ringraziamento più grande. Il guru di cui tutti abbiamo bisogno, in qualunque momento. In grado di illuminare le situazioni con il suo mantra a sfumature viola. Andate a recuperarvi "L'oscuro compagno", suo fantastico libro, dal fantastico titolo, che giuro prima poi leggerò.

Matteo (Smoke, il giustiziere, il fumettiere, lo sponsor): A lui va il ringraziamento più grande. Per avermi dato la possibilità e il supporto per aumentare ancora di più i miei lavori più trendy e tante altre belle cosine. Quasi quasi gli rifilo pure questo libro dato che vende fumetti.

Thòmâs (il gran capo della lista Enigma, l'escursionista, periodo): A lui va il ringraziamento più grande. Così che almeno arrivi a leggere un libro ogni 5 anni (dato che credo legga solo i miei...) però organizza serate bomba!
Ci becchiamo lì minchia frè.

Gabrji (Gabriele credo, lo svizzero): A lui va il ringraziamento più grande. Colui che mi ha aperto al mercato extraeuropeo, mostrandomi quanto si può essere fighi sapendo il tedesco.

Fuyufukuda (Fukushima, Futomaki, Sudoka): A lei va il ringraziamento più grande. Grandissima forza d'animo e voglia di fare (non retribuita) con cui ho condiviso: fiere, sponsorizzazioni, mancato treni (lei eh)... Ora la copertina di questo spettacolare libro disegnata da lei! La trovate su Instagram che disegna cose e su Twitch che... boh, credo disegni anche lì, ma andate a vedere voi stessi!

Tyler8D (Vampy, Claudio, Gallaudio): A lui va il ringraziamento più grande. Per essersi pentito e aver dato speranza nei momenti meno bisognosi di speranza. Ma ehi, ha speso un sacco di soldi da me, quindi andava ringraziato (anche se non ci credo che abbia letto il libro).

I Mapawe: A loro va il ringraziamento più grande. Da premio oscar l'interpretazione dello "Sparecchiatore", che ormai li ha resi quasi di famiglia per me.

Cecconello (nessuno sa il suo vero nome): A lui va il ringraziamento più grande. Compagno dalle mille avventure a base di sushi e cinema. Ora credo che stia facendo un videogioco boh, non ne sono sicuro, abbiamo fatto 2 università insieme.

Mariachiara (la scienziata dei mirtilli): A lei va il ringraziamento più grande. Per sbaglio ho ordinato, per un mese, cibo a domicilio per un esercito con la sua carta di credito, un ringraziamento qui direi che è il modo migliore per pareggiare , no?

Milano: A lei va il ringraziamento più grande. La città in cui sono nato, ma in cui non credo che morirò. Dal suo essere viva 24 ore al giorno ce ne sarebbero di trame da raccontare... Però figa! Uno ad un certo orario uno vorrebbe stare tranquillo.

Tu: A lui va il ringraziamento più grande. Ovviamente grazie a te Senza di te questo libro non sarebbe mai stato... letto da te (?) Quindi grazie per averlo preso/ricevuto in regalo/ti ho costretto a prenderlo ed esserti addirittura letto i ringraziamenti qui sul fondo

Ti ricompenserò chiudendo il finale con un finale! E non come quel film con la trottola che gira (dai è palese che stia sognando, perché bambini non sono cresciuti, proprio come nel film del matematico tutto addominali con le allucinazioni!)
E col vero finale che ora infilo dopo i Ringraziamenti (come nei film coi supereroi) buon divertimento e ci becchiamo dopo nella postfazione!

Giorno 85 (2 Giugno 2023)

Ehilà Federico! Quanto tempo che è passato!
Ti ho fatto venire paura, eh?

Alla fine mi hanno preso e neanche troppo con le buone… Diciamo
che si aspettavano maggiore resistenza da parte mia, come se fossi
tipo armato di bazooka (e altre minchiate... roba che forse avevo
scritto in giro di avere) e chissà che altro.
Oltre le mie letali lacrime e altri liquidi derivanti dallo spavento per la
situazione assurda non hanno trovato altro però

Cosa ne è stato di me?
Un processo eclatante, che ha portato alla creazione di leggi
apposite per i reati che ho commesso (pare siano innumerevoli
nonostante la bassa gravità…).
Parliamo di roba tipo furto d'identità false, procurato allarme
terroristico falso, divulgazione di notizie false bla bla... tutta roba falsa
insomma.
Il tutto ha portato ad una condanna di anni (che ancora non sono stati
quantificati) con patteggiamento e forse ridotta per buona condotta…
Non sono diventato capo gang in carcere (come si poteva facilmente
immaginare), anzi ti dirò che… mi sono ambientato piuttosto bene
e… ho scelto di rimanerci…
Sto insegnando informatica ad alcuni detenuti già da qualche mese e
la cosa mi fa stare piuttosto bene, anche perché ho un sacco di
tempo libero tra le varie lezioni e mi sto recuperando tutti i porno
usciti nell'ultimo periodo.

Credo finalmente di avere trovato il mio posto in questo assurdo
mondo, un posto in cui conto e in cui posso davvero rendermi utile,
dando una mano a chi ha smarrito la strada a reintegrarsi nella
società.

Poi qui dentro sono al sicuro da tutti i vari spasimanti che mi sono
creato in Italia… porca troia. Una marea di loro è decisamente
rimasta affezionata a me, nonostante gli abbia fisicamente mentito…
forse non ero così male come credevo… forse ero decisamente
peggio. Il bello è che non sono neanche riuscito a raccontarti tutto a

causa del continuo impegno a scrivere.

Facendo il conto a posteriori direi che ho creato in totale... cento fake. Ognuno diverso dall'altro con età, passioni e soprattutto nomi (figa, non sai la fatica per i nomi! Ogni volta trovarne di nuovi... eh no, mai usato il mio.) Sono passato dai più semplici come "Francesco" a quelli più assurdi e palesemente pseudonimi tipo "Jason"... verso la fine un profilo di un novantenne l'ho chiamato "Ajeje"... proprio così braz... naaah, tanto alla battuta ci sei già arrivato, non serve che mi sforzi.

Ah si.

Poi caro mio... sappi che sarai pubblicato!

Sto sistemando in questo momento tutte le bestemmie e riferimenti sessualmente espliciti alla celebrità che ti ho scritto per evitare problemi, sai com'è... sono già in carcere e non vorrei rischiare di peggiorare la situazione (che già beccherai il "vietato ai minori").

Il mondo deve sapere cosa vuol dire essere uno come me. Essere uno, in mezzo a tanti, senza essere nessuno.

Una goccia invisibile in un mare di indifferenza.

Adesso però è finita del tutto e questa è probabilmente l'ultima volta che ci sentiamo, o almeno è l'ultima volta che io ti scrivo...

Sia perché se ti pubblico sarebbe strano fare un seguito dopo il finale epico che ti ho lasciato, sia perché ormai non ho più bisogno di te... sei stato davvero la mia ancora di salvezza. Sei stato il mio più caro amico e confidente nel momento più buio e strano della mia vita, ma ora qui in carcere ho trovato una... beh una famiglia, la famiglia che non avevo mai avuto...

Tu però sei e rimarrai per sempre nel mio cuore amico mio...

Ti voglio bene.

Tuo, Mario Rossi.

POSTFAZIONE

Beh, che dire ragazzi, spero che il libro vi sia piaciuto e che siate riusciti a cogliere qualche citazione sparsa qua e là. Mi piacerebbe sapere se questa storia vi è piaciuta e se vi siete riconosciuti in qualche modo (tranne per la parte finale... o figa ragazzi, chiamo la polizia eh!).

Se non si fosse notato il tema principale è l'abbandono sociale di cui tutti siamo stati o potremmo esserne vittime, sia per un solo minuto in un gruppo o per un'intera vita.

Vi aspetto sui vari social (che ci piacciono tanto) col profilo appena creato "claudiod.colombo". Così avrete la possibilità diretta di insultarmi per il tempo perso a leggere, altrimenti ci si vede al prossimo libro! Non è una promessa, ma una minaccia.

(Forse si chiamerà "Le pagine sfumate", sarà a tema adolescenziale)

Ps: questo è il secondo che pubblico, andate a recuperarvi "La vita che scelsi", è decisamente più serioso e scritto peggio. Però la trama è carina, anche se a mia mamma ha fatto schifo...

Però ho in mente di rifarlo per bene, per completare la trilogia a cui ha dato il via... dipende tutto se mi ricordo di farlo e se la mia nuova collega "eManuale" mi aiuta ancora... non quella che state pensando voi.

Zozzoni.

Pss: giusto per triggerarvi... Mario Rossi non è un narratore affidabile.

Provate a rileggerlo col dubbio che possa essere lui l'autore delle storie sul forum o, direttamente, si sia inventato il tutto giusto per farsi notare.

E così poi vi sembrerà di aver preso 2 libri al prezzo di 1! STONKS!

NON SI TRATTA DI UN AUTO BIOGRAFIA.